中世英雄叙事詩

ベーオウルフ

韻文訳

ベーオウルフ

中世英雄叙事詩

韻文訳

枡矢好弘

開拓社

はしがき

一九七七年を、私はスコットランドで過ごした。その年のある日の午後、エジンバラ大学言語学科の音声学教室で、第一人者のデイヴィッド・アバクロンビー（David Abercrombie）教授の音声学の講義に耳を傾けていた。「韻文には拍子があるが、散文にはない。英語の韻文の拍子は3拍子か4拍子（2拍子といってもいい）である。3拍子はワルツのリズムであり、4拍子はマーチのリズムである。」というアバクロンビー教授の英語韻文観に導かれて私の疑問の一つ——韻文と散文の違いはどこにあるのかという問題——は解決した。しかし、日本語韻文がどういうものかはまだ分からないままであった。

韻文とは、行の長さが限定され、音連鎖の組み合わせが、ある音感を伴うようになった文章であるが、日本語韻文の短いものは、5・7・5（俳句）とか5・7・5・7・7（短歌）のようにしてその形が示される。5と7は普通「5音・7音」といわれているもので、音声学の用語を使えば、5音節・7音節となる。音節というのは、特殊な場合を別にして、カナ文字表記で1文字で表わされるもの。特殊な場合というのは小書き文字になる場合で、「ッ」は常に1音節だが、「ャ、ュ、ョ」は直前の文字と合わせて1音節、例えば「キャ」で1音節となる。日本語韻文は、奇数個の単位音（音節）からなる音連鎖の組合せであって、それがある音感覚を呼び起こす。（以下の例文の表記中、／は改行を示す。︵ ︶は音連鎖、［ ］は音連鎖が含む音節の数を表わす）。

アバクロンビー教授の韻文観を聞いたあと数日たって、「先生が2拍子とおっしゃるとき、小節が等価の2単位からなるという意味ですね。そうすると、その等価の2単位とは韻文の何ですか」とお尋ねしたが、「今のところ分かりません」という返事が返ってきた。英語のこの未解明の問題はともかく、ここでもう一度日本語の韻文に考察の目を返してみよう。

次の（1）と（2）の違いは何だろうか。

（1）まだあげ初《そ》めし前髪《まえがみ》の／林檎《りんご》のもとに見えしとき／前にさしたる花櫛《はなぐし》の／花ある君と思ひけり（島崎藤村「初恋」第1連。『藤村詩集』、1970、角川文庫、十八ページ、振りカナは枡矢）。

（2）夕ぐれ／とある精舎《しょうじゃ》の門から／美しい少年が帰つてくる（三好達治「少年」第1連。筑摩書房現代日本文学全集43、1954、九十九ページ、振りカナは枡矢）。

（1）では、{まだあげ初《そ》めし［7］}、{前髪《まえがみ》の［5］}、{林檎《りんご》のもとに［7］}、{見えしとき［5］}、{前にさしたる［7］}、{花櫛《はなぐし》の［5］}、{花ある君と［7］}、{思ひけり［5］}の音連鎖がなだらかな音の流れを作る。それに対して（2）の{夕ぐれ［4］}、{とある精舎の［7］}、{門から［4］}、{美しい少年が［10］}、{帰つてくる［6］}は音連鎖の断片が並ぶだけであって、流れるような音のつながりにはならない。これは、（2）の音連鎖に偶数個の音節からなるものが多く混ざっているせいだろうと私は思う。日本語の音読では2音節刻みになるのが普通であって、1音節のところには通常短いポーズが入る。この空白部が後に続くものを予期させて音連鎖の組み合わせを緩やかな一つの連鎖とし、流れるような音感を生むのであろう。（2）は、韻文とは違う別種の文章である。私が（1）と（2）の違いに思い至ったのは、この「はしがき」の執筆中であって、ここに来るまでは長い道のりであった。

私は、古期英語の研究を専門にする者ではない。『ベーオウルフ』に魅力を感じてはいたが、研究の対象ではなかった。しかし、3182行という長詩であれば検討対象とするに十分な数の音連鎖を得られるであろうという期待があったのである。その意味で、この翻訳は研究の一部となり、英語を日本語に移す場合の要注意事項にも十分注意を払ったつもりである。改行を原詩の行に拘束されることなく、自由に行ったのもその一つであった。情報（語句の意味内容）の配列順は、（3）I am planning to revise my manuscript along the lines suggested.（私は提案された構想に従って原稿を手直しするつもりです。）の例（3a）ii、iv、（3b）②、④で分かるように、日本語と英語で異なることがありうる。

（3a）
i I
ii am planning
iii to revise my manuscript
iv along the lines suggested

（3b）
① 私は
② 提案された構想に従って
③ 原稿を手直しする
④ つもりです

行の区切りを揃えようとすると、このような場合にむずかしいことが起こる。本書では行の区切りを自由にとったために原詩の箇所との関連が不鮮明になったところもあると思われる。その欠点を補うために各ページの本文の下に原詩の行番号を入れておいた。原詩の大まかな位置を示す役に立てれば幸いである。

なお、原詩では頭韻が踏まれている。頭韻というのは、（4）how the *folk-kings flourished* in *former* days［マイケル・アレグザンダー（Michael Alexander）の現代語訳、拙訳の3－4行にあたる］の /f/ のように、強い強勢が付与される音節の最初の音を同じ音で揃えることをいう。ここで生じる問題は翻訳するにあたって頭韻を採用するかどうかということであった。頭韻にしろ脚韻にしろ、韻を踏む習慣は日本語にはないのだから押韻の必要はないという立場がある［D・J・エンライト（Enright、私的談話）］。それはそれとして、日本語は音節文字を使用する言語であって、音節頭の子音は常に母音に支えられており母音と一緒でなければ、十分な音効果は出ない。われわれの意識に上る「誉れ」の語頭の音は /h/ ではなくて「ホ（h+o）」である。したがって英語のルールを借りて頭韻を真似てみても、（4）のような豊かな音効果は期待できない。そのため頭韻は採用しなかった。

押韻はさておくとして、『ベーオウルフ』にはかなりの量の挿話が含まれている。ベーオウルフに側面から光を当ててくれるけれども、さしあたっては本筋だけを辿りたいという人のために、挿話のところは文字を小さくしておいた。お読みにならなくて結構ですという意味では決してないけれども、何かの便宜になればと思う。

この叙事詩の舞台となる世界は、贈り物の授受を重んじる世界であった。贈り物には、指輪・武器・武具・宝飾品が用いられた。贈り物は人と人の絆を強くし、気前よく人にものを贈ることは気高い行為であり、気高い人は気前の良いことを必要とした。しかるべき人にしかるべきものを贈ることによって、酒宴の席でのランクが一つ上がることになる。特に、王たる者にとっては、報償に値する果敢な行為に対して、最高級の宝となる品を惜しみなく与えてその労をねぎらうのが、その地位にふさわしい雄々しいことであった。

指輪、腕輪、足輪などの今日装身具として用いられるものは、当時、金や銀の輪か、輪に飾りをつけたもので、まじないのような効力を持つものと考えられていた。コテレル（2001、七十ページ）によれば、ヴァイキングにとっては、「力・幸運・名声」のしるしであり、その上、通貨としての用をなすこともあった。このことは一般に輪の形をしたものに当てはまることであったようである。輪は力を与えてくれるお守りであったらしく、輪を下賜されることは名誉だった。コテレルのことばを借りるなら、「名誉ある贈り物」である。中には、先祖伝来の家宝として今に残るものもある。スウェーデン王家には、アイスランドのサーガに出てくるスヴィアグリス（スウェーデンの子豚の意味）と名付けられた指輪——豚の像がついた指輪——が残っている。ちなみに、アイスランドのサーガとは、九三〇年から百年間の歴史上の、また、想像上の冒険譚を口伝えに伝承していたものを、十三世紀から十四世紀の初めにかけて書き記したものである。輪の価値・効力は、おそらくゲルマン民族全体に通じるものであったのだろうが、そういう風習がいつ頃生まれたのか、アイスランドサーガの時代をどのくらい遡るのか、それを語る知識は訳者にはない。なお、拙訳では、装着する体の部位が明確でない場合は、原則として「輪環《りんかん》」とする。「輪環」は宝物の代表格であったようで、「宝物全般」を指して用いられていると思われる場合がある。「繋ぎあわせた輪環」（第四十一節）というのがあるが、現代風にいえば、束ねた紙幣に相当するものであったと推測される。また、同じ節の終わり近くに「輪環の広間」という意味の単語がある。この「輪環」も「宝物全般」の意味で用いられたものと思われる。「秘宝の洞《ほら》」と訳しておいた。

ここではしがきを閉じるにあたって、『ベーオウルフ』がどういうものなのか。それを語る資格は私にはない。幸い大阪大学で美学を学ぶかたわら文芸学の講筵《こうえん》に連なった桝矢令明の未発表の論考「英雄伝説の源流を求めて」があるので、後書きとして巻末に挟ませていただき、責めを果たさせていただく。

最後になったが、開拓社出版部の川田賢氏には大変なお世話になった。衷心より厚くお礼を申し上げる。

もくじ

ベーオウルフ

韻文訳

序節

いざ
槍に優れたデネ(1)の民
邦民《くにたみ》治めし王者たち
この貴人らの過ぎし日の　誉れわれらの耳に伝わる

(2)シュルド・シェーヴィング
幾度《いくたび》となく敵の軍勢　あまたの部族
彼らの手より(3)蜜酒《みつざけ》を酌む宴《うたげ》の場をば奪い取る
そもそもは寄る辺なき身で見出され
以来この方戦士たちシュルドに畏怖の念抱く

(1) **デネ**　現在のデンマーク。

(2) **シュルド・シェーヴィング**　神話に出てくるデネ族の王。名前の意味は「シェーフの子シュルド」。父や祖父の名を名前に入れる習慣があった。

(3) **蜜酒を…取る**　征服

寄る辺なき日の心の深傷《ふかで》それ癒すのはシュルドが後《のち》の名の誉れ
天《あめ》の下その名轟き栄光にその身輝く
四辺の民ことごとくシュルドに靡き
(4)鯨のわたる海原を越え朝貢におよぶにいたる
まこと秀でた王だった
王に後《のち》の日御子《みこ》が生まれる
館のうちに若き王子が
(5)統《す》べる者なく邦民《くにたみ》がなめた辛苦の長の歳月《としつき》
その困苦の様みそなわし
民の心を安んずるため神がこの世に遣わし給う
それ故に　人の命をつかさどる主《しゅ》は
栄《は》えある神は
この御子に世俗の栄《さか》え授け給うた

することをいう。なお蜜酒は、蜂蜜を水で薄めて発酵させた醸造酒。

（4）**鯨のわたる**　原詩では「鯨の道」となっていて「海」を表す。古英詩では、このような比喩的表現（隠喩）によって何かを表すことがあり、これをケニング（kenning）という。表されているものは必ずしも明白ではないが、拙訳ではできるだけ意味を明示するようにした。

（5）**統べる…歳月**　この行は、第十三節の「王は生前寄せ来る憂いに心が晴れず」以下で述べられている

シュルドの嫡子ベーオウ(6)　シェ(7)デランドの地にその名聞こえて
令名あまねく知れわたる
若宮たるもの父君の庇護のもとにて惜しみなく
財宝を分かち与える徳行をなさねばならぬ
齢《よわい》重ねた後《のち》の日も家臣たち心を変えず
戦乱の時いたっても忠節を失うことのなきように
いかなる部族にあろうとも
人はみな賞賛浴びる行為のゆえに令名を得《う》る

時たって武勇すぐれたシュルド王天命つきて主のもとに逝《ゆ》く
この君主　シュルド家の君王が語る力の消え行く前に命じたごとく
寵臣ら海原の潮《うしお》のもとへ亡骸《なきがら》運ぶ
長きにわたる治世であった

ことに言及したもの。

(6) **ベーオウ**　写本にはベーオウルフとあるが、史実からベーオウの誤りであるとするのが、多くの研究者の見解のようである。

(7) **シェデランド**　スカンディナヴィア半島最南端の地域。今日スコーネと呼ばれている一帯。現在のスウェーデンのマールフースとクリスチアンスタードの2州からなる。デネ族発祥の地でデネ族が威容を誇った所。シェデンイーイともいった。

泊まりに舫《もや》う一艘の船
輪になった船首いただく氷の覆う貴人の御船《みふね》
王の御船が今船出する
民の敬愛受けた王
財宝分かち授けし君主　輝ける人
その亡骸を御船の懐《ふところ》深くおく　帆柱近くに
あまたの財宝・飾りの品が遠き方《かた》より持ち運ばれた
かくも見事に飾られた船
武具・具足・刀に剣《つるぎ》・鎖鎧《くさりよろい》でこのように
飾った船を詩人《うたびと》いまだ耳にせず
王の御胸《みむね》にあまたの財宝
この宝物《ほうもつ》は王に伴いいずれ遠くに波のまにまに流れ去る
部族の宝を家臣たち王に供えた

王いまだ幼少のころいとけなき身をただ独り
波路を越えて流し送った人々が捧げたものに劣ることなき財宝を
さらに家臣ら金糸《きんし》の御旗《みはた》を亡き王の頭上高くにはためかせ
亡骸《なきがら》を潮《うしお》に任せ大海原の神にゆだねた
人々心哀惜に満ち悲嘆にくれる
評定の場に座す人も天下の武人も誰一人
しかと言い得る者はない
この積荷何人《なんびと》の手に渡るのか

第一節

時がたち城市のうちで
民草の慕う君王　シュルディング[8]家のベーオウは
名主といわれ歳月を経る
父先王は祖国去り彼岸に行って今は亡い
やがて後の日気高き王子　ヘアルフデネの生誕を見る
この王子時たって老いたる後《のち》も勇猛果敢
生ある間《あいだ》輝けるシュルディング族統治する
諸軍を率いるこの王に四人の御子《みこ》が相次ぎ誕生
ヘオロガールにフロースガール[9]
そのあとに心様《こころざま》よきハールガが

（8）**シュルディング**　「シュルドを祖とする一族」の意味。デネ族の別名として用いる。

（9）**フロースガール**　兄ヘオロガールの没後デネの

聞くところ姫宮のウルスラ[10]は成人ののち
戦《いくさ》を好むシュルヴィング[11]族率《ひき》いる王のオネラに嫁して
その寝殿のいとしき添い人　后となった

さて　フロースガール王　戦陣に名をはせて
名将として世に聞こえ
家臣たち随順し忠君の誠を尽くす
若き武人《もののふ》その数を増し若武者の軍強大となる
王の心に浮かぶのは館《やかた》の建造
人の子のまだ聞き及ぶことのない
蜜酒の杯かわす広大な
宴《うたげ》の席の建立を布令すること
館内《やかたうち》にて老いた者にも若き者にも

王位を継ぐ。

（10）**ウルスラ**　写本が破損していて実際の名前はわからない。ユルゼという提案もある。ここは日本語の音感の関係から、アレグザンダー訳にならった（Michael Alexander, trans. 1973, p. 53）。この姫は、成人したのちスウェーデン（スウェーオン）王の后となる。

（11）**シュルヴィング**　スウェーオンのこと。スウェーオンは、現在のスウェーデン中東部―ヴェーネルン・ヴェッテルン両湖の北および北東の地―を指し、古期英語の「スウェーオン」は、しばしば「ス

共有の地と人の命を別にして
神に授かるすべてのものを
分け与えるを王願う
さて聞くところ
王はあまねく国中の多き部族に労役の命《めい》を与えた
殿堂の絢爛豪華な仕上げ命ずる
速やかに時は過ぎ
邦民《くにたみ》の見守るうちに壮大無比の館落成
威令四方におよぶ王「(12)牡鹿館《おじかやかた》」と屋敷を名づく
王は約束違《たが》えることなく宴《うたげ》の席で宝物・財宝分かち与える
その館高く聳えて幅広の切妻いただき
(13)憎悪の炎　憎しみの猛炎をまつ
時たって後

ウェーデン人」の意味になる。

(12) **牡鹿館**　「牡鹿」は王権の象徴。

(13) **憎悪の炎**　西暦紀元五二〇年に、ゲルマン民族

[14]義父と義子との宿怨が積もりに積もり
戦いの火蓋が落ちることになる
だがそれはまだまだ先のこと

折も折
暗闇に住まいする不敵の悪鬼
日々殿中の歓楽の声耳にして
悶々と憂愁のときを過ごした
館より竪琴の音《ね》は響き詩人《うたびと》の吟詠の声耳をうつ
遠き昔の人の起源をかたるすべ知る詩人《うたびと》はいう
全能の神ここなる大地つくり給うと
水取り囲む麗しき野をつくり給うと
日と月を　地に住むものの明《あか》りとし　灯火《ともしび》として

の一部族ヘアゾベアルドがデネの地に侵入したあげく敗北を喫するが、この戦で牡鹿館は炎上する（クレーバー Fr. Klaeber, ed. 1950^3, p.xxxvi)。

（14）**義父と義子**　義父はデネ族の王フロースガール。義子はフロースガールの娘婿、ヘアゾベアルド族の若き王インイェルド。宿怨については、第二十八–九節の挿話を参照。

勝ち誇る思いをもって天におき
木々と木の葉で大地の面《おも》を飾り給うと
さらにまた動くもののすべてのために命を創り給うたと
戦士たち喜びに満ち歓楽の日々を過ごした
やがて一つの物の怪《け》が　地獄の悪鬼が
悪しき行為に取りかかる
この猛《たけ》き悪霊　名はグレンデル
悪名知られ辺界を渡り行《ゆ》くもの
荒野を治め砦とす
幸せ薄きこの者はカインの血筋同族として
造物主より呪われて以来久しく妖怪の住処《すみか》に住まう
永遠《とこしえ》なる主《しゅ》はカインの罪に報復を与え給うた　アベル殺害の故
神はこの恨みの所業悦び給わず

遠流《おんる》の刑に処し給う
その憎しみの行いのゆえ
カインを人の世界から遠く追放し給うた
妖怪の末裔はみなカインより生まれ出る
妖魔に 小鬼《しょうき》　死霊も然り
神に刃向かうこと長き巨人[15]たちまた然り
神は彼らに応分の報いを与え罰し給うた

第二節

かの悪鬼夜の 帳《とばり》がおりたあと聳《そび》えたつ館に向かう

（15）**巨人たち**　北欧神話で神々の最大の敵となる種族。ただし、時に男性神が巨人女性と結婚することがある（R. I. Page 1990, p. 9）。人間が神の世界に入ることができないのに対し、巨人族は入ることができる。ここではキリスト教信仰の観点から異端の悪者扱いを受けているが、第二十三節では、遠い昔に巨人

鎖鎧《くさりよろい》でその名知られるデネの人々
ビールの宴《うたげ》が果てたのち館の内でいかにあるかと
気高き人の一団が
悲哀を知らず人の世の憂いを知らず
宴《うたげ》のあとの眠りに就いて安眠の最中《さなか》にあった
災いを生む被造物　凶暴にして強欲《ごうよく》のもの
蛮行かさね非情きわまるこのものは時を移さず態勢立てて
寝所にあった三十人の武人《もののふ》攫う
殺人鬼殺戮《さつりく》の限りを尽くし獲物の屍《かばね》引っさげて
意気揚々と住処《すみか》を目指し引き返す

やがて明け方　夜の白む頃
グレンデルの狼藉の跡　人みなの眼《まなこ》を射抜く

が作った剣のおかげで、ベーオウルフは窮地を脱することになる。

宴のあとに湧き起こる悲愁の叫び
朝まだき慟哭《どうこく》の声あたりを包む
秀でた貴人　名高き王は悲嘆にくれて座していた
あの憎き者　呪わしき悪霊《あくりょう》の非道暴虐　その痕跡を人々が
認めたときに王は雄々しく
家臣失う悲哀を胸に秘め耐える
戦いは過酷に過ぎて耐えがたく
憎悪に満ちて長きにわたる
あの殺人鬼時を移さず一夜の後《のち》に再度の殺戮
重なる非道暴虐をなし
いささかも心の疚き知ることはない
執着の様ただごとならず
広間に巣くう悪鬼の憎悪

明白な証《あかし》によって知れわたり明るみに出るその時に
安息の場をさらに遠くに移しかえ
離れの部屋に寝所求める者を見るのは当然のこと
悪鬼の毒牙逃れた者はその後《ご》ますます遠くに離れ
ますます堅く身を守る

かくして悪鬼専横の限りをつくし正義に背《そむ》き
ただ独り武人《もののふ》みなを相手取る
他《た》に類を見ぬこの館やがて人影絶えてなし
月日たち時は過ぎ行《ゆ》く
シュルディング族の王十二歳《とせ》悲哀に耐えた
すべての悲哀苦しみに
深き悲しみ一つひとつに

それゆえに事の次第は悲しく歌われ
王の苦難は人々にまたその子らに知れ渡る
グレンデル　フロースガールと長く抗《あらが》い
敵対をなしいく年月《としつき》の非道暴虐
絶えまなき戦い挑む様歌われた
この悪しき鬼デネの武人のいずれとも和睦望まず
生死を分ける災いを止《よ》し
命[16]つぐなう代償金で事の解決図《はか》ろうとせず
それ故に存分な賠償の金《かね》殺人鬼から気前よく
受け取れるとの期待をいだく顧問官なし
この魔物　暗き死の影　徘徊し時に待ち伏せ
百戦錬磨の戦士たち　また若き武人に迫害の手をおよばせる
久遠《くおん》の闇のうちにあり霧たちこめる荒れ野を支配

（16）**命**　当時ゲルマン民族は、各個人の命の値打ちを金銭の高に置き換えて考えていた。

この黄泉《よみ》の世界に通じたる者
踵《くびす》を返しいずれの方《かた》に消え失《う》せるのか誰一人しかといえる者はない
独り荒野を跋扈《ばっこ》する恐ろしきもの　人間の敵
この通り罪業の数々をなし非道の危害繰りかえす
この妖鬼　漆黒の夜《よる》華美をきわめた牡鹿館を巣窟となす
だがこの妖魔　貴き御座《みくら》　王の玉座に近づけず
それは主の御心《みこころ》の故　主の愛を知らぬ故
シュルディング族の王にとり
この出来事は一大災禍　心痛の種
猛き者たち幾度《いくたび》となく数多《あまた》座し策をめぐらす
この恐ろしき襲撃に彼ら武人は何を為《な》すのが最良か
雄々しき者たち思案の上に思案重ねる
時には彼ら社《やしろ》に詣《もう》で生贄《いけにえ》まつる祭祀《さいし》を誓い祈念する

この大難《たいなん》の時に当たって
魂《たましい》　食らう神の助けを得しめよと唱え念ずる
これこそが彼らの慣《なら》い
この神崇め畏れる者らの希望の明かり
彼らの心冥府を思い主《しゅ》を知らず
もろもろの行い裁き給う神　主なる神　この神を彼らは知らず
天の護《まも》り手　栄光を司る神　この神を称《たた》えるすべを彼らは知らず
恐ろしき苦難に遭うとき魂を燃えさかる火焔《ほむら》の中に突き落とし
安心《あんじん》を思うことせず
改宗の意志なき者は苦悶に沈む
終《つい》の日ののち主をもとめ
父なる神の御胸《みむね》にて加護受けること欲する者は幸《さち》を授かる

第三節

ヘアルフデネ[17]先王の御子《みこ》　この有様に国難のこと
片時も脳裡を去らず心休まることはない
知将とて内憂の根を絶つことあたわず
戦いは熾烈《しれつ》の余り耐えがたく憎悪に満ちて長きにわたる
残虐非道の行為の苦痛　身の毛もよだつ闇夜の災禍
民草の身に降りかかる

ヒイェラーク[18]王の重臣イェーアト[19]の国中で武勇並ぶものない勇士
故郷において事の次第を　グレンデルのこの暴虐を　聞き及ぶ
当時この世で力において勝るもの他《た》になき武人

(17) **ヘアルフデネ**　デネ族の王。フロースガール王の父。

(18) **ヒイェラーク**　ベーオウルフの伯父。後にイェーアト族の王となる。

(19) **イェーアト**　今日の

高貴かつ勇猛の人　よき船の調達命じた
令名はせる戦人《いくさびと》(20)白鳥《しらとり》わたる海原を越え名高き王を訪ねるという
今この時に加勢する手を王が欲するその故に
この武人には邦民《くにたみ》が親愛の情抱きはすれど
賢者たちこの人の船出を止めず
勇猛果敢なこの人励まし吉凶を占いもした
勇者はこの時二人とは見つからぬ剛の者ども
イェーアトの精鋭を選《え》り出《い》だして部下としていた
航海を知るこの知将　十四人の部下を引き連れ
待機する船(21)を目指して渚《なぎさ》に導く
時至り船は崖下波に漂う
戦士たち舳《へさき》に立った
潮《しお》は渦巻き海は岸辺の真砂に砕けた

スウェーデン南部にいたゲルマン民族の種族の名。

(20) **白鳥…海原**　原詩は「白鳥の道」。ケニング。注4参照。

(21) **船**　原詩は「海」と「木」をつないだ複合語。「海」を行く「木材」の意味。ケニング（注4参照）の一種。ちなみに、日本語古語

輝ける武具甲冑を　見事に飾った鎧兜を　戦士たち船の懐《ふところ》深くに運ぶ
勇者たち堅牢に仕上げた船を押し出《い》だし
望みの征途に船出した
船首泡だつ勇者の船は
風をはらんで波立つ海を
飛ぶ鳥さながら進み行《ゆ》く
弓なりの舳《みよし》いただくこの船は
しかるべき時間経《へ》た後次の日に
早くも故郷を遠く離れた
船人《ふなびと》たちは陸地を望む
海辺の崖が陽光に映え
峻険の山そびえ立ち広々とした岬が見えた
ここに至って海路《うなじ》は尽きる船は目指した地に着いた

で「船」を意味する語に「うきぎ」（浮木）というのがある。

時を移さず[22]ウェデルの人々
戦の装備　鎖鎧の音響かせて陸におり立ち船舫《もや》い
船路《ふなじ》の無事を神に謝す

海辺の崖の守護を受け持つシュルディングの兵砦から見た
一団の者　きらめく楯にいつなりと使用に耐える見事な武具を
船から渡す踏み板渡り運ぶのを
あの者たちは何者なるかと訝《いぶか》る思いに心急《せ》き
フロースガール王の従者は岸辺めざして馬を駆る
両の手でもつ大槍を渾身の力をもって振りかざし
格式のある言葉もちいて問いただす
「鎖鎧をまとう方々
このように海路《うなじ》をわたり海原を越え

(22) **ウェデル**　今日のスウェーデン南部（ヴェーネルン・ヴェッテルン両湖の南）を支配したゲルマン民族の一部族。イェーアトともいう。

この地まで舷高高き船乗りこなしたどり着かれた各々方《おのおのがた》よ
貴殿たちは一体いかなる武人であるのか
憎むべき者水軍率いてデネ人《びと》の地に襲撃しかけることのなきよう
それがし長らく海岸の見張り勤める
楯もつ戦士がこれほどまでに堂々とこの地を踏んだためしなし
一族の同意のしるし　わが戦人《いくさびと》の合言葉(23)御身《おんみ》らは何も知られず
しかしそれがし御身らの中のさる方
鎧をまとうあの武人ほど優れた戦士をいまだ見かけず
武器で飾って形《なり》つくろった従者にあらず
容貌と一際きわだつ出で立ちに偽りはない
各々方《おのおのがた》がここから更にデネ人《びと》の地を踏み進み
われらが部族の情勢を探り始めるその前に
それがしは今各々方《おのおのがた》の血筋素性を知らねばならぬ

（23）**合言葉**　ホール（J. R. Clark Hall, 1960^{4}）による。

さあ外国《とつくに》の船人《ふなびと》たちよそれがしの思うところを聞き召され
単純な心の内を聞き召され
いずれの地から来られたかすみやかに明かされるのが最上と心得申す」

第四節

指揮とる領袖　語彙の蔵開き答えた
「われら種族はイェーアトの民
王ヒイェラークと共に炉を囲んだ家臣
わが父はあまた部族に知れわたる高貴な武将
父の名前はエッジセーオウ　長寿の末に天に召された

広大な大地にあって評定《ひょうじょう》に加わるものたち
誰一人わが父のこと記憶せぬ者はない
われらはここに友好の心を抱き
貴殿の君主　邦民《くにたみ》の保護なさる方
ヘアルフデネ公のご子息　フロースガールを訪ね参った者である
案内のほどお願い申す
われら一行重要な使命をおびて
令名聞こえたデネの君主に拝謁のため罷《まか》り越す
それがし思うに何か秘め事あってはならぬ
われらの耳に届きしことがもし偽りでないならば
シュルディングご一族その民草の間にあって
狼藉はたらく不可思議な者　正体不明の迫害者
民草を震え上がらせ

暗き夜な夜ないわれなき憎悪あらわし屈辱あたえ殺戮をなす
貴殿はすでにご存知のこと
この災禍に関し率直に
デネの王フロースガールに策謀を
賢明にして優れた王が敵を征する方策をそれがし言上つかまつる
この惨禍それがもたらす王の苦悩が変わることのあるものならば
和《なご》む心が今一度王の御胸《みむね》に帰り来て湧き出《い》ずる悲哀はやがて消え失《う》せる
さもなくば他《た》に類を見ぬこの館　高みに聳え立つ限り
打ち続く辛苦の時を　艱難を　王は耐え行《ゆ》くことになる」

恐れを知らぬかの武人　見張りのものは馬上で告げる
「言葉はことば行為は行為　この二つ同じでないこと
頭脳鋭く思慮深き楯もつ武将は知らねばならぬ

だが貴殿のことばそれがしただ今聞くところ
ここに居給う一隊はシュルディングの王に忠義の方々なりと心得申す
いざ参られよ武具と甲冑そのままに
それがし案内《あない》つかまつる
さらにその上各々方《おのおのがた》のご乗船　タールの跡も新しい浜辺の木船《きぶね》
弓なりの船首いただくこの船が海原の潮《うしお》を越えて
人々が慕うお方をウェデルの岸辺に送り届けるその日まで
丁重な警護を命じ配下の若き武人《もののふ》に敵の手から守らせましょう
立派な行《おこな》いなす人は降りかかる戦火をくぐり
命全《まっと》う無事の帰還を果すのが誰もの運命《さだめ》」

さて一行は陸路を進む
船は静かに待機する

船幅《ふなはば》広きこの船は太綱《ふとづな》をもち繋がれてしっかりと錨おろした
兜の上にきらめくものは
金で飾られ光り輝く　火で焼き入れた猪の像
戦う人の命の守り
戦いを待つ心は逸《はや》り歩み速まる
武人たち一団となり進みゆき
金箔張った木造の壮麗な館目にする所に到る
これこそは大空のもとそびえ立つ館の中の館にて
大地に住まう者たちにその名あまねく聞こえた建て物
権勢振るう武人の住家《すみか》
放つ光はあまた諸国に煌《きらめ》きわたる
武勇優れた見張りの武人
一行が迷わず進み行けるよう

誇り高き人々の住む輝ける館をこの時指し示す
ここに来て哨兵は馬反《かえ》しいう
「それがしの行くときが来た
貴殿たち大義の戦に臨《のぞ》まれるとき
全能の父なる神が恩寵をもち
貴殿たち加護されるようお祈り申す
それがしは海辺に返り略奪の心もつ者見張って参る」

第五節

行《ゆ》く道は石を敷き目指すところにおのずと到る

鎖鎧は光に輝き
手にてつないだきらめく硬き鉄の輪が鎧の上で音たてる[24]
厳《いかめ》しき甲冑姿で館に到るや
船旅に疲れた人々
大《だい》なる楯を　堅固《けんご》な楯を壁に立てかけ床几に座した
戦士の鎧　鎖の衣が音たてる
槍もまた壁にもたせる
船を操る戦士らの
トネリコ材の柄をつけた穂先輝く武器と武器一つ所に立ち並ぶ
鉄の輪の鎧をまとう一隊は武器を飾りの花とした
時にその場で誇らしげなる一人の武将　戦士たちの素性尋ねる
「各々方《おのおのがた》よ　金張りの楯　光り輝く鎖の衣
面貌《めんぼう》つけたその兜　立ち並ぶ槍

(24) **音たてる**　布または皮製の鎧の上に鎖鎧を着用するため。

いずれの方より携えられたか
それがしはフロースガール王の重臣　使者の役相勤《あいつと》める者
かくも雄々しき外国人《とつくにびと》がかくも大勢集《つど》うのを
それがしいまだ目にしておらず
わが王をたずね来られたその理由　亡命のためにはあらず
衿持《きょうじ》にありとそれがし思う　大志あってのことと拝察」
ウェデル人《びと》を率いる武将　誇り高く恐れを知らぬこの武人
兜のかげに威厳を見せるその人が答えいう
「われらは全《すべ》てヒイェラーク王と食卓をともにするもの
それがしの名はベーオウルフ
ヘアルフデネ公の息《そく》　貴殿の君主　名高き王に
御心《みこころ》の広きをもってお目通り許されるなら
われらの来訪その趣をお伝え申す」

[25]ウェデルの武人に誰何《すいか》した人
ウェンデル族の首領なる人
心意気と剛勇と知略をもって名をはせた仁《じん》
ウルフガールはかく語る
「シュルディングの長《おさ》　財宝分かち与える君主　令名高きデネの君主に
それがし貴殿の請われるがまま　ご用の趣　各々方《おのおのがた》の遠征のこと
いかに思《おぼ》すか尋ねてまいる
その上で高貴の方がそれがしに託さんとする御心《みこころ》のうち
即刻お返事つかまつる」

ウルフガールは速やかに
齢《よわい》重ねて白髪となるフロースガールが
戦士らの一団と共に座す場に赴いた

(25) ウェデルの…した人　この行は訳者の挿入。原文にはない。

剛勇の武人は進みデネの君主の面前に立つ
この武人貴人の作法わきまえた人
敬慕する君主に向かいウルフガールはかく語る
「今ここに遠き方《かた》より海原の広きを越えてイェーアトの人々参上
戦士たち首領を呼んでベーオウルフといいまする
この御仁　わが君とことば交わすを許されたいと願い出る
慈悲ぶかきフロースガールよことばかけるを断りめさるな
武具から見るに敬意をもって遇するにふさわしき人々なりと思われる
戦を好むこれら戦士をここまで率いた首領はまさに剛の者にて」

第六節

シュルディング人《びと》守る王フロースガールは述べ給う
「余は幼き日のその人を知る
今は亡き父君の名はエッジセーオウ
イェーアトの王フレーゼルが一人娘を嫁がせた人
屈強な息今ここに信をおく友に会うべく訪ね来られた
イェーアトの地にわが友好の標《しる》しなる贈り物
届け参った船人《ふなびと》の語るによれば
武勇名高きこの人の手の握る力は三十人力
余の思うには
聖なる神がこの人をグレンデルの恐怖に対抗させるべく

われらが所　(26)西デネ人《びと》の王国へ恩寵により遣わし給うた
余は剛勇のこの人に宝物授け勇気に応えねばならぬ
速やかに行《ゆ》き余の命を伝えよ
中に入られ一堂に会する者たち余の一族に会われよと
またかくも伝えよ
客人たちをデネ人《びと》は歓び迎えることであろうと」
ウルフガールは館の戸口に進み行き館のうちより布告する
「戦果煌《きら》めくわが君主　東のデネの首領は命じた
各々方に伝えるべしと
わが君は貴殿たちの血筋知る
海原の怒涛を越えて漕ぎ渡られた心燃え立つ貴殿たち
この館においてわが君は各々方を歓び迎える
兜いただく戦の出《い》で立ちそのままに

(26) **西デネ**　デネに「東西南北」の語が被せられることがあるが、韻律や頭韻の関係によるものであって、意味には何の関係もない。例えば「東デネ」と「西デネ」の異なる部族があったのではない。「デネ」と「東デネ」「西デネ」「南デネ」などは同じものを指す。

フロースガールに目通りめされよ
楯と槍　敵の命を奪うもの
それらの武具は会談の終わるを待ってそこにそのまま」

そこで勇者は立ち上がる
ほとんどの者　重臣たちの見事な一隊首領の周り取り囲む
若干の者命に従い武具の見張りに待機した
一行は一人の戦士に導かれ
牡鹿館《おじかやかた》を足早に一団となり進み行く
戦場の猛者《もさ》　兜の陰に威厳を見せて歩み来て
暖炉おく広間に立った
鉄鍛治の業《わざ》　鉄輪《かなわ》つないだ鉄の網　鎖鎧《くさりよろい》が胸に輝く
ベーオウルフはそこでいう

「フロースガール　いついつまでもご壮健でおわされよ
それがしはヒイェラークの一族にして若き重臣
若武者として数々の武勲を立てた
グレンデルのなせる業　われらの国で
知らぬ者なきこととなりそれがしの耳にも入る
船人《ふなびと》の語るによれば
夕べの光が大空の下《もと》没して姿を消したあと
並ぶもののないこの館　戦士たちすべてにとって空《うつ》ろで無益なものとなる
そこでそれがし殿に言上《ごんじょう》
わが国の民　賢者の中の選りすぐり
それがしの強き力を知るゆえにそれがしに勧めて申す
フロースガールをお訪ねせよと
かつてそれがし敵の血を浴び戦より帰還せしとき

わが国の民　それがしの為《な》した働きじかに目にした
その戦いでそれがしは五人の敵を縛り上げ　巨人の一族打ち破り
夜のうちには海の怪物波の上にて切り殺す
それがしは辛苦に耐えて敵対するもの打ち負かし
ウェデル人《びと》の受けた苦しみ仇《かたき》とる
わが報復の刃受けるは己《おのれ》が招き呼んだこと
そこで此度《こたび》は巨大な魔物　かのグレンデル
この身単身相見《まみ》え闘うべきものと存ずる
それにつきお願いしたき儀が一つ
栄光の民デネ人《びと》の王　シュルディング人《びと》護る王
戦士の守護者　あまた種族の貴き友よ
この度この身遠路はるばる参りし上は
わが戦士らの一団を　勇気ある一隊をただ一人にて供として連れ

牡鹿館の穢《けが》れ除くをお許しありたい
かの怪物は無鉄砲ゆえ武器使うのを好まぬと聞く
それ故この身戦いの場に剣を携え　あるは又
大《だい》なる楯を　シナノキ材の黄色の楯を持ち行《ゆ》くことは好《よ》しとせず
わが主君ヒイェラーク王わが決意嘉《よみ》し給うとそれがし信ずる
それがし素手で仇と争い不倶戴天の仇と仇死闘を尽くすこととなるべし
死が道連れにするものは主のお裁きにゆだねるばかり
かの怪物にもしできるなら
争いの場ともなるべき館において
幾度《いくたび》となく人肉むさぼり食ろうたごとく
恐れ気もなくイェーアト人《びと》を　光輝に満ちた武人《もののふ》たちの一隊を
むさぼり食らうとそれがし思う
死がそれがしを連れ行くならばわが頭《こうべ》包み給うは要《い》らぬこと

(27)わが屍《かばね》の埋葬御手《みて》煩わすことはなし
独り行くかの怪物はわが身を滴る血に染めて
朱《あけ》に染まった屍の味を楽しむつもり
無残に食らい荒れ野の棲《す》み処《か》その隠れ家を血でよごす
遺体のことはご放念あれ
戦が黄泉《よみ》へそれがしを連れ行《ゆ》くときは
わが胸を守った比類なき戦の衣　鎧の中の選《え》りすぐり
亡きフレーゼル王のお形見にしてウェーランドの作
この鎖鎧をヒイェラーク王のもとお届けくだされ
運命《うんめい》はいかなるときも定めのままに動くもの」

(27) **わが…なし**　この行原詩にはない。意味を明確にするための訳者の挿入。
なお、古代スカンジナヴィアには、埋葬の時、遺体の頭部を布で覆う習慣があったもようで、アングロサクソン人もそれを踏襲したものと思われる（C. L. Wrenn and W. F. Bolton, eds. 1996^5, p. 117, ll. 445–6 の注）。

第七節

シュルディングの守り主　フロースガール王述べ給う
「わが友ベーオウルフよ
過ぎし日のわれら部族の交わりのゆえ(28)
それにまた　御身《おんみ》自身の友好の心もあって
われらを訪ね参られた
そなたの父君在りし日のこと　父君は
ウィルヴィング族の者(29)　ヘアゾラーフを手に掛けられた
その争いが大いなる宿怨を生む
ウェデル人戦《びといくさ》を恐れ父君を留めておけず
父君は波浪のうねり乗り越えて

460

(28) 過ぎし…ゆえ　チェインバーズの読みをとる(A. J. Wyatt, ed. 1952, p. 26)。

(29) ウィルヴィング　ゲルマン民族の一部族。

栄誉あるシュルディングの民南のデネを訪ね来られた
まさに余がデネの民治めておったときのこと
余は広き国英雄たちの集う宝庫を若くして掌中にした
ヘアルフデネ王の息　余の長兄へオロガール
すでに没して世を去ったあと
余に勝る優れた王であったのに
遺恨の清算金銭により余がなした
海原の波頭《なみがしら》越え
ウィルヴィングの一族に年経《としへ》る宝物届け贈った
父君は余に誓いのことば述べられる
さてグレンデル何をなしたか
何人《なんぴと》にせよ言えば余は悲しみに心が曇る
憎悪のあまり牡鹿館でいかなる屈辱

敵意に満ちた攻撃のいかなるものを余に加えたかいうは悲しい
館の軍勢　余の軍団の戦士の数は減ずるばかり
運命《うんめい》は戦士ら攫い連れ去って
グレンデルの恐怖の中に掃き落とす
神の力をもってするなら
この残忍な狼藉者《ろうぜきもの》の罪業を押し止《とど》めるのは易きこと
戦士たち酒盃傾け麦酒《むぎざけ》に酔いしばしば誓う
恐ろしき刃《やいば》で備《そな》え宴《うたげ》の広間その中に居てグレンデルの襲撃待つと
朝となり有明の光さすころこの蜜酒の宴《うたげ》の広間
見事な広間は血のりにまみれ
床几の板もことごとく血にぬれていた
広間は剣の血しぶき塗《まみ》れ
忠義の戦士　親しき従者　死が連れてゆき数を減じる

だが今は宴《うたげ》の席にとどまられ
そこもとの心のうちを　勝ち戦の栄光を
思いのままに語られよ」

そこでそのとき宴《うたげ》の広間　床几の上が片付いて
イェーアトの武人ら一行もてなしを受く
この勇者たち　力を誇る武人《もののふ》たちは足を運んで座に着いた
一人の僕《しもべ》　飾り施すエール(30)の酒瓶《さかびん》片手にもって
澄みきった美酒《うまざけ》を注《つ》ぎ務めを果たす
詩《うた》を吟ずる旅の詩人《うたびと》　牡鹿館に澄んだ歌声響かせて
デネ人《びと》とウェデル人《びと》との大集《おおつど》い　英雄たちの歓びの時は過ぎ行く

（30）**エール**　ビールの一種。

第八節

エッジラーフの息ウンフェルス
シュルディングの王の足下に座を取るこの者
大地の上また天《あめ》の下何人《なんびと》といえ己に勝る誉れの行い
成し遂げるのを好まぬゆえに
勇武の船人《ふなびと》ベーオウルフの冒険に苛立ち激しく
いさかいの火をつけんものと口開く
「お手前があのベーオウルフか
果てなき海でブレカ[31]と泳ぎ競うたという
そこもと二人は自惚れにより海を試して深き水に命かけ
愚かしき自慢話の種としたあの者たちか

(31) **ブレカ**　ブロンディング族（注33）の領主。

そこもと二人が海原に泳ぎ出たとき
何人《なんびと》も　敵も味方も命知らずの冒険を止めるあたわず
そこもと両の腕《かいな》で潮《うしお》の流れ掻き分け進む
水かく手動きを止めず海路《うなじ》をわたり大海原を滑りゆく
冬の荒海《あらうみ》波立ち騒ぐ
そこもとら水の力に七夜《ななよ》の苦闘
ブレカの力貴公に勝る　泳ぎ比べはブレカに軍配
ブレカ潮《うしお》に運ばれて朝[32]ヘアゾ・レームの浜辺に漂着
その浜辺から祖国求める
目指し行くのは親しき人々　[33]ブロンディング一族の土地
麗しき要塞求め　邦民《くにたみ》治め砦と財宝支配する要塞求めた
ベーアンスターンの息ブレカ
貴公に吐いた大言壮語実《まこと》のものとして見せる

(32) **ヘアゾ・レーム**　ノルウェー南部にいた部族。

(33) **ブロンディング**　ゲルマン民族の部族名。ただしどういう部族か不明。

そこでそれがし思念する
数多《あまた》の戦厳しき死闘でいずれの地でも貴公は常に勝利した
だがグレンデルとの戦いはこれまでのようにはいかぬ
この辺りにて夜《よ》を徹しグレンデルを待つならば
結果は悪しきものとなる」
エッジセーオウの息ベーオウルフはかく語る
「わが友ウンフェルス　酔いにまかせて
ブレカのことブレカの冒険すき放題に語ってくれた
だが真実はわがことば
海での力　辛苦の克服それがしは人に劣らぬ
まだ若き日のこと若気のあまり意を同じゅうし互いに誓う
二人して海に泳ぎ出命をかける冒険せんと
海原に泳ぎ出たとき手に抜き身の刃《やいば》たずさえる

鯨から身を守らんとの思いから
波を乗り越え海原を速やかに行《ゆ》きそれがしを
抜き去ることはブレカには到底できぬ
それがしは又ブレカに遅れとるつもりなし
われら海の上《え》五夜を共にす
やがてそのうち寄せ来る波が
潮《うしお》の流れがわれら二人を引き離す
凍《い》てつく寒気　暗さ増しゆく夜《よる》の闇
肌刺す北風行《ゆ》く手さえぎる
波高く海魚《かいぎょ》の心穏やかならず
わが身を包む胴鎧　しっかりと手で編んで金で飾った戦の衣
胸を被《おお》って敵の手からわが身を守る
われに敵する非道のものは容赦なくわが身体《からだ》しっかと掴み

水底《みなぞこ》にまで引いてゆく
だが天佑《てんゆう》はわれにあり
われ切っ先で　刃《やいば》でもって海獣を刺す
強力《ごうりき》の　獣《けだもの》たちはわが手にかかり闘いの嵐の中にたおれて果てる」

第九節（ベーオウルフのことばが続く）

「われに憎しみ抱くものたち再三再四激しく攻める
われ相応の返礼に名刀浴びせる一振《ひとふ》り二振《ふたふ》り
非道なすこの輩《やから》たち
海の底にて宴もよおす場を取り囲みわが肉の相伴を待つ

だが馳走の喜び得ることはない
夜のあける頃波打ち際に刃《やいば》に傷つき剣に斃され
永遠《とわ》の眠りに出で立った躯《むくろ》をさらす
その後《のち》は船人《ふなびと》たちが水ふかき海路《うなじ》ゆく航路の邪魔だてするものはない
東から赤々燃える神の松明《たいまつ》ひとつの光立ちのぼり
海は静まり風吹きすさぶ岸壁の影岬の影が目に入る
いまだ命の定まらぬ者勇気失うことのなければ
運命《うんめい》はその命しばしば助ける
それはさて措《お》きそれがしは剣の力で九頭の海獣退治た
この大空のもとにありこれ上回る夜中《やちゅう》の激闘
潮《うしお》の中でかくも過酷な惨苦にあった者のこと
まだ耳にした覚えなし
ともあれそれがしわが冒険に疲労困憊するもなお

敵の手逃れ生き延びる
その後《あと》悔は潮《うしお》高まり山なす波がそれがしを
[34]フィンの陸地へ運び来た
それがしいまだ貴殿についてこれほどの闘争のこと
[35]剣の武勇を耳にしたこと覚えない
だがさほど自慢に値せず
ブレカはいまだ　貴殿も然《しか》り
戦競《いくさくらべ》べで刃《やいば》きらめく剣をもちかほどの武勇世に示し得ず
もっとも貴殿は近親のもの己《おの》が兄弟かつて殺害
貴殿の知力並みのものではなけれども
兄弟殺しの罪により地獄で罰を受けねばならぬ
エッジラーフの御子息よそれがし貴殿に真実《まこと》を語る
貴殿の心　[36]心情が武勇を尊ぶものならば

(34) **フィン**　ラップランド人とする説が有力。

(35) **剣の武勇**　原文は「剣の恐怖」。「剣によって相手を怖がらせる」の意味ととった。

(36) **心情**　原詩では、頭

身の毛がよだつあの魔物貴殿の主君にかくも多大の暴虐働き
牡鹿《おしか》館《やかた》でかほどの屈辱与えることはなかったろうに
だがあの悪鬼　貴殿の同胞《はらから》勝ち戦の民シュルディング人《びと》
その人々の宿怨を　恐ろしき刃《やいば》の嵐を　恐れる必要なしと見た
斃《たお》した者たち攫いゆきデネ人《びと》の誰であろうと容赦せず
人肉食らう快楽《けらく》にふけり眠り(37)につかせあの世に送る
槍のデネ人《びと》仕掛ける戦悪鬼己の念頭になし
それがし今にイェーアト人《びと》の力と勇気戦いぶりを示すであろう
次の日に朝の光が人の子の頭上に上り日輪《にちりん》が
光のころも身に纏い南の空にその輝きを放つとき
高ぶる心抱きつつ蜜酒《みつざけ》の座に向かえる人は
今一度蜜酒のもと歩まれるがよい」

韻の都合で「心」を意味する語が二度出る。

(37) **眠り**　眠りは死を意味する。

白きもの御髪《おぐし》にまざり武勇の誉れ知れわたる
財宝分かち与えた王
輝く民デネ人の王
その時喜び助力に頼る
ベーオウルフの揺るがぬ決意
邦民《くにたみ》守る御方《おんかた》の耳に達して

戦士たち笑い声たて　さんざめきひときわ高く
楽しげなことば飛び交う
フロースガールの王妃ウェアルフセーオウが儀礼わきまえ進み出る
黄金《こがね》で飾った衣装つけ広間の人に言葉をかける
高貴な女性《にょしょう》真っ先に東のデネの国守る王に向かわれ
なみなみ注《つ》いだ杯ささげ

ビールの宴《うたげ》この席で陽気にされよと邦民の慕うお方に請うていう
戦の誉れ高き王酒宴楽しみ宴の杯干し給う
ヘルミング家の出になる后《きさき》酒席を巡り
練達の臣　若き家臣に一人残らず宝玉飾った杯とらせ
やがて順番めぐり来て輪環で身を装った心けだかきこの王妃
ベーオウルフに蜜酒の酒盃もちゆき
イェーアトの王子とことば交わされる
語る端ばし知性見せあの暴虐を防ぐため
何人《なんびと》か武人の助け得たいとの願い真実《まこと》となることを神に謝された
戦いの猛者《もさ》この王子ウェアルフセーオウの杯を受け
戦に思いを傾けながら口開く
エッジセーオウの息ベーオウルフはいい給う
「わが手の者たち従えて海原に出《い》で船中に座したとき

それがし決意を固くした
デネ人《びと》の願い必ず叶えて進ぜる　さもなくば
敵の手にしっかと掴まれ惨殺の憂き目にあって斃《たお》れましょう
われ必ずや英雄の勇気ある働きなすべし
しからざるときこの蜜酒の広間において最期を遂げん」
かく語るイェーアト人の誇りのことばこの女性《にょしょう》いたく悦ぶ
邦民《くにたみ》が敬い慕うこの王妃黄金《こがね》の衣装身につけて
わが君のもと歩を運び傍らに座す
再び広間は往時のごとく
人々歓喜に包まれて雄々しきことば語り合い勝利の民の宴《うたげ》賑わう
やがてヘアルフデネの御子夜《よる》の憩いを望まれる
太陽の光が見えたとき以来すべてを闇につつむ夜《よ》の訪れるまで
雲におおわれ漆黒となる闇の姿が物すべての上に忍び寄るまで

かの鬼が攻撃の企《たくら》みねっていることを王は知る
その場の人々みな立ち上がる

フロースガールとベーオウルフ互いにことば交し合い
フロースガールはベーオウルフの武運を祈り
酒盛りの館《やかた》の守りを託して語る
「上げた手に楯を掲げる強力《ごうりき》を余が得て以来ひと度《たび》も
そなたに今宵《こよい》館の守り預けることを別にして
デネ人のこの砦館《とりでやかた》を何人《なんびと》といえ未《いま》だその手に託したことない
他《た》に比類なきこの館その手に収め守られよ　名の誉れ忘れるでない
敵《かたき》の見張り怠らず剛勇のほど見せられよ
勇猛なる義挙を成し遂げそなたが命永らえるなら
望みのものは好きにとらせる」

第十節

かく言い残し戦場の指揮とる統帥
シュルディング人《びと》守る王フロースガールは供の一団引き連れて広間出る
全軍を率いる武人后《きさき》ウェアルフセーオウのもと
褥《しとね》の伴《とも》の閨《ねや》訪ねたく歩を運ぶ
人々は聞く　栄《は》えある王がグレンデルに立ち向かうため
広間の守護者任命したと
この守護者巨大なる怪物見張り
デネの君主の近くにあって並々ならぬ務めを果たす
イェーアトの王子なる人べーオウルフは己《おの》が勇気と神の恩寵ゆめ疑わず
鉄の鎖の鎧《よろい》ぬぎ兜を取った

最高の鋼《はがね》用いた鉄の剣　飾りほどこす己の剣を従者にあずけ
武具甲冑の見張り命じたその上で
勇猛の人イェーアト人《びと》のベーオウルフが
床に着く前口にするのは誇りのことば
「それがしは武勇にかけて　戦いの業《わざ》にてもまた
グレンデルに引け取りはせぬ
それゆえ彼奴《かやつ》を刃《やいば》にかけて眠らせんとの思いはもたぬ
容易《たやす》きことであるとはしても
刃《やいば》で命奪うつもりはいささかもない
彼奴は勇者の業《わざ》知らぬ
悪事にかけて彼奴の名天下に轟きおるくせに
それがしに剣を揮《ふる》って打ちかかり楯うち砕く戦の技は身につけず
彼奴もし武器に頼らぬ闘いを所望するのであるならば

われらは共に今宵《こよい》は剣に手をかけぬ
その時は英明な神　聖なる主
それがしにしろ彼《か》の奴にしろ
御心《みこころ》にかなうと思《おぼ》し召す者に栄光を授け給わん」
戦いに名をはせた人その身横たえ枕(38)　武人の面《おもて》を受ける
海原を行《ゆ》く剛勇無双の戦士たち
幾人もまわりを囲み広間においた床《とこ》に沈んだ
だがベーオウルフは目を閉じず
敵《かたき》に対し憤り憤怒の思いつのらせて
戦いの成り行き待った

(38) **枕**　「頬」を表す語と「クッション」の意味の語をつないで一語とする。原義は「頬当て」。

第十一節

そうする時にグレンデル神の怒りを身に浴びながら
荒野《あれの》立ち出で霧立ち込める丘陵のふもとを進み忍び寄る
この邪悪なる暴虐の徒は高くそびえる館《やかた》の広間で
人間の誰か一人を陥れんと目論みながら
雲おおう下進みゆき
酒宴の館　金箔を貼って輝く人間どもの金の館《やかた》が
疑う余地のないほどにはっきり分かるところまで来た
フロースガール王の館の襲撃はこの度が初めにあらず
そうではあるが悪鬼の生涯　後にも先にもかほどの不運
館を守る武人《もののふ》のかくも強きに遭遇の覚えなし

この悪しき戦士(39)は喜びを奪われたままやがて広間に忍び寄る
焼き入れて鍛えた鉄の板にて留《と》めた扉にあれど
悪鬼両手で触れるやいなや瞬時に開く
邪鬼は怒りに胸煮え返り悪事の他《ほか》は念頭になく
広間の口を押し開く
すぐさま悪鬼モザイク模様(40)の床を踏み
猛り立つ心あらわに進み出る
両の眼《まなこ》は炎と見まがう醜悪(41)な光を放つ
グレンデルは広間の中に
一族の者数多《あまた》の戦士が　一隊の若き武人が　一堂にいて眠るのを見た
グレンデルの心は笑う　宴《うたげ》の希望《のぞみ》わき起こり
身の毛がよだつこの魔物
今宵《こよい》のうちに一人残らずその命身体《からだ》から切り取らんとの思いを抱く

(39) **戦士**　グレンデルは、しばしば、戦士の扱いを受ける。ただの怪物退治ではなく、勇者と勇者の戦いとすることによって、名声を得るに足る争いとなる。

なお、「喜びを奪われたまま」は、グレンデルが勝利の喜びを得られぬ定めにあることを述べたもの。

(40) **モザイク模様**　クロスリー－ホランド（Kevin Crossley-Holland, trans. and ed. 1982, p. 87）の現代語訳に従う。

(41) **醜悪な**　「恐ろしい」という意味の語が予想されるところ。チカリング（Howell D. Chickering, Jr, trans. 1977, p. 398）は

その夜《よ》のあとは人間族の者食らうこともはや叶わぬ彼奴《かやつ》の運命《さだめ》
ヒイェラーク王に縁《えにし》つながる強き武人は
この悪鬼急襲をいかになすかと目を凝《こ》らす
怪物は猶予すること念頭にない
まず手始めに襲いかかるやたちまちに眠れる戦士ひっ掴み
寸刻おかず体引き裂く
肉に食いつき血管くわえ生き血吸い
巨大なる肉の塊呑み下す
世を去った武人の屍《かばね》両手両足一瞬にしてかけら残さず食い尽くす
悪鬼はさらに奥へ進んだ
床《とこ》にある雄々しき武人を(a)手づかみに
(42)指かっ広《ぴろ》げ武人に向かい(43)手を伸ばす
敵意はらんだ企《たくら》みに雄々しき人はすぐさま応じ腕で支えて身を起こす

緩叙法(直接的に主張せず、控えめにいう修辞技法)の例であるとする。

(42) **かっぴろげ**　訳者の造語。一種の擬態語。動詞

罪の擁護者たちまちにして思い知る
(44)天地《あめつち》の広がりの中いずこにも他の人間にかほどの力いまだ知らずと
心中《しんちゅう》悪鬼恐れなす　すぐさま逃《のが》るは難きこと
彼の心は逃れたく　隠れ処《が》めざし逃げ帰りたく
悪魔仲間の居場所を思う
この広間での己《おの》が在りよう今もって覚えなきもの
ヒイェラーク王に縁《えにし》つながる剛勇の武人その時
床に着く前語ったことば脳裏に浮かべすっくと立って
指も折れよと悪鬼を固く締めつける
巨大な怪物背を向けんとし雄々しき人さらに踏み込む
悪名高き大男　叶うことなら相手の手をばすり抜けて
この場を逃れ沼地の住《す》み処《か》目指さんとする
雄々しき武人怒りをこめて握る手の指その怪力を

を強調する副詞「かっと」（「目をかっと見開く」など）の類推が働いている。

(43) **手**　原詩には「手」とあるだけだが、多くの訳者と同様、「指を広げた手」とした。

(44) **天地**　拙訳第八節第3行と違って、原詩に「天」を意味する表現はないが、原詩の「中央の地の上で」は、「世界中で」を意味するので、それを「天地の広がりの中」と訳す。

悪鬼このとき思い知る
危害なす暴虐の徒《と》がこれまでに
牡鹿館を襲ったうちでこの度は悔やむべき夜襲となった
豪華な広間に轟音とどろく
すべてのデネの人々が
城市に住まう者たちが
豪胆の人ひとり一人が
戦士らが恐れおののく
(45)館《やかた》の守人《もりびと》　闘う二人は激怒する
彼ら二人は猛りたち広間には大音響が鳴り響く
酒宴の広間　壮美な館　荒武者たちの業《わざ》に耐え
大地に倒れ崩れぬは大《だい》なる不思議
この館　内外《うちそと》ともにしっかりと

(45) **館の守人**　グレンデルは第二節に歌われたように、一時は牡鹿館の主となっていた。だから「館の守人」といわれるのである。(原詩166行(第二節)を参照)。したがって、ベー

鍛冶の匠の技用い鉄の帯にて固めてあった
詩人《うたびと》の聞き知るところ怒れる二人の戦いの場は
黄金《こがね》で飾る蜜酒酌《く》んだあまたの床几床《ゆか》からはずれ飛び散ったとか
見事なる宴《うたげ》の広間　角《つの》で飾った酒宴の場
火に包まれて炎の中に呑み込まれるのでないならば
何人《なんびと》といえいかなる手段用いても破壊することあたわずと
いかなる技に頼ろうと打ち砕くことかなわずと
シュルディングの評定人《ひょうじょうびと》はこの時までは思い居る
聞き覚えなき物音高まり北のデネ人《びと》身の毛がよだつ
神の敵　地獄の虜囚かの鬼の
悲痛の叫びを　悍《おぞ》ましき歌の調べを　勝利なき歌の調べを
傷嘆く呻《うめ》きの声を
壁越しに聞く者すべて一人ひとりが怖気《おじけ》づく

オウルフと合わせて館の守人は二人いたことになる。

その当時この世において力において勝るもの他《た》になき武人は
怪物をしっかり押さえた

第十二節

戦士ら庇《かば》う武人は望まず
何があろうと殺意もつ客命《いのち》あるまま帰すこと
妖怪の命ある日々何人《なんびと》であれその人にとり益あるものと思われず
ベーオウルフの戦士たち
名高き王子　彼らの主君
叶うことならその御《お》命を守らんものと

往古より伝わる剣を振り回す
だがしかし彼らは知らずその武器の役立たぬこと
心燃え立つ戦士たち四方八方切りつけて 敵《かたき》の魂奪わんとする
世にあるものでいかなる剣も　最高の 鋼《はがね》用いた鉄剣といえ
悪鬼の体に触れえぬことを彼らは知らず
勝利もたらす武士《もののふ》の武器いかなる剣も
魔法によってこの妖魔役だたぬ物にしていた
この日この世で邪鬼がなす命との永久《とわ》の別れは惨《むご》いもの
異世界に住む魂魄《こんぱく》は遥けき方《かた》へ旅をして
悪霊どものもとへ赴く運命《さだめ》であった
今まで非道の行いにより人間族を幾たびとなく苦悶の淵に落とした悪鬼
神に背《そむ》いたかの妖魔
命を覆う己《おの》が身体《しんたい》覆いの用をなさぬこと

ここに到って思い知る
ヒイェラークに縁《えにし》つながるかの勇者悪鬼つかんだその手離さず
両者の抱く敵愾《てきがい》心は生ある間失せることなく
身の毛がよだつさしもの魔物傷に苦しむ
肩は肉裂け傷口開き腱はちぎられ
[46]骨つなぐ肉引き裂《さ》かる
戦の誉れはベーオウルフに
グレンデル命にかかわる深傷《ふかで》負い
[47]水したたる崖のふもとを快楽《けらく》なき住処《すみか》を求め
逃げ延びてゆかねばならぬ
己《おの》が命の終わりが来この世に生きる日の数が今尽きること
ますます定かに悪鬼は悟る
死闘の末に東のデネの人々皆《みな》の願いが叶う

(46) **骨つなぐ肉**　原語は「骨」と「かんぬき・掛け金などドアを固定するもの」を意味する二語をつないだ複合語。通常「体」を意味するが、ここは「筋肉」のこと。
(47) **水したたる崖**　原詩には「沼地である崖」（「沼地」・「傾斜」を意味する二語をつないだ複合語）とある。スコットランドのハイ

遠来の人　賢明にしてひるむを知らぬあの人が
フロースガールの館の浄《きよ》め
このとき果たし生き地獄から館を救う
一夜《ひとや》の労苦　武勇の誉れに勇者の心満ち足りる
イェーアト人をたばねる王子東デネの人々に誇った約束成し遂げた
デネ人がこれまで耐えたすべての苦悩
敵方の悪意が生んだ悲しみを抗《あらが》うすべのないために
忍ぶほか道なき苦悩と悲しみを　ささやかならぬ懊悩を
勇者は癒す
猛将がグレンデルの手　腕と肩　鉤爪《かぎづめ》ともに
(48)切妻《きりづま》破風《はふ》につるしたときに戦の結果明らかとなる

ランド地方にあるような、シダが生い茂り、その間を多数の細い流れを作って水が落ちる、山の斜面のようなところをいうのであろう。

(48) **切妻…つるした**　原詩には「大きな屋根の下に置いた」とあるだけで、屋内か屋外かの区別も記され

第十三節

詩人《うたびと》の聞き知るところ
褒章授かる館のあたり朝になり戦士たち数多《あまた》集まる
部族の領袖たちもまた
想像超えるかの光栄を目にしたく
憎むべき邪鬼の痕跡目にしたく
近くからまた遠くからいたるところの部族から
遠路はるばる集いくる
邪鬼の足跡見た者のうち誰一人
戦に敗れ心寂しくその場を逃れやがて死すべき運命《さだめ》をもって
水の妖怪棲《す》む湖へ落ちてゆき

ていない。しかし、レンとボルトン(C. L. Wrenn and W. F. Bolton, eds. 1996[5], p. 131）がいうように、入り口付近の外壁と考えるのが自然であろう。アレグザンダー（Michael Alexander, trans. 1973, p. 77）にならい、「大きな屋根の下」を「切妻破風の下」と解する。

命の痕跡血痕を歩《あゆ》んだ後に残す様
見た者のうち誰一人
邪鬼が命と別れることに憐憫《れんびん》の情抱く者ない
湖水の水は熱き血潮で煮えたぎり
水面《みなも》の波は恐ろしき渦
渦はみな熱き血のりと混ざり合い
闘いの血潮で水面《みなも》波立ち騒ぐ
楽しみ奪われ沼地の中の隠れ処《が》で命手放し邪教の魂魄放つとき
運命《さだめ》によって死すべき者は姿失い地獄がその身その時引き取る

高齢の家臣たち大勢の若者たちも
湖水を後に楽しき旅から引き返す
武人たち馬上にあって高ぶる思い胸に抱き

心はずませ白馬を駆って帰りくる
ベーオウルフのたてた手柄を道すがらみな口々に語り合う
多くの者が繰り返しいう
(49)二つの海に挟まれた果てしなき大地の上で
大空の広がりのもと南にあっても北にあっても
楯もつものの何人《なんぴと》であれベーオウルフに勝るものなし
国を治める者としてふさわしき人他《た》になしと
だが彼ら　主君フロースガールを責めるにあらず
フロースガールはまこと秀でた王だった
戦陣にその名をはせた武人たち時にギャロップ
行《ゆ》く道が平らに見えて早駈けに格別よしと知れるところで
鹿毛を走らせ競い合わせる
折にふれ王につかえる一人の家臣

(49) **二つの海に挟まれた**　ゲルマン民族の神話では、最初は、大きく裂けて口を開いた深淵が、空間をさえぎって広がっているだけで、他には何もなかった。やがて深淵の北の部分に雲と闇からなる世界が形成され、南の端に火の世界が作られた。南の熱い大気と北の氷が結ばれて氷が融け始め、なま暖かいしずくが生まれ、そのしずくから最初の生物、人間の形をした一人の巨人イミールが生まれ

数々の詩行そらんじ格調高き語彙に富む者
様々な古き伝承記憶する者
韻律正しく新たな言の葉つなぎ合わせた
巧みな技を用いつつ詩人《うたびと》は語り始める
ベーオウルフの偉業を語るみごとな朗吟
変化に富んだ言葉でつづる武勇にかなう物語

次いで詩人《うたびと》　ウェルスの息子シイェムンド(50)につき
耳にしたことすべてを語る
勇気に満ちた行いのこと
人の子のまだ耳にせぬ遥かなる旅　争いのこと
非道暴虐　宿怨のこと
これらのことをウェルスの息子は
戦場の友　甥のフィテラに語ってきかせる

た。

　イミールから一人の男の巨人と一人の女の巨人が生まれ、イミールは、巨人族の祖となるが、死んでのち大地となった。大地は、北と南の世界の間、深淵の中央に位置したので、「中央の地」と呼ばれた。巨人の肉は土となり、血は海となる。

　「二つの海に挟まれた」は、大地をはさんでいた北と南の世界を「海」に置き換えて、「大地」を飾る表現としたもので、地理上の意味はないのであろう。

(50) **シイェムンド**　竜を斃した伝説の人。

フィテラを除き何人《なんびと》もしかとは知らぬ
人の子のしかとは知らぬこれらのことを
この詩人《うたびと》が吟じてみせる
シイェムンドとその甥フィテラ　戦においていかなるときも得がたき味方
巨人族の数多《あまた》のものを剣にて斃す
シイェムンド終《つい》の日の後《のち》栄光が耀々《ようよう》として輝きわたる
果敢に戦い宝の番する蛇身《じゃしん》のものを退治したゆえ
その時その場にフィテラなく
貴人の子供ただ一人淡く黒ずむ岩の陰
身をひそめ機をうかがって大胆不敵の行為に及んだ
王者の鋼《はがね》　鉄の刃《やいば》が鱗《こけら》(51)きらめく蛇身のものを貫いて岩壁《いわかべ》に立つ
必殺の刃にかかり竜果てる
敵がおののく手ごわき勇士ウェルスの息子
武勇によって財宝を思いのままに楽しめるわが物となし
船に積みこみ懐《ふところ》深く運び込む

(51) **きらめく**　原詩には「見事な、壮麗な、驚くべき」などを意味する語が用いられている。チカリング(Howell D. Chickering, Jr, trans. 1977, p. 99)にならい、「きらめく」とした。

蛇身のものは己の熱に溶《と》けてその身は姿ない

戦士の守護者シイェムンド
勇気に満ちた行いによりあまた部族に令名が
こよなく高く鳴り渡る人　大いなる繁栄を得た
王ヘ[52]レモード力と勇気衰えて気力なくした後《あと》のこと
ヘレモード巨人族とともにあるとき裏切られ
悪霊どものの手に落ちて速やかに逝く
王は生前寄せくる憂いに心が晴れず
打ち沈むこと長きに過ぎた
邦民《くにたみ》の　貴人すべての心痛の種
その前はあまた賢者が
豪胆の人王の旅　流浪の旅に幾たびとなく心痛めた
苦難からの脱却を王に頼って王の跡を御子《みこ》が継ぎ
民草治め宝と砦を支配して

(52) **ヘレモード**　デネ族初期の王。

シュルディング人《びと》の郷《さと》　英雄の住む王国治め
部族の繁栄もたらすものと思うがゆえに
だがヘレモード道を外《はず》れた
ヒイェラークに縁《えにし》つながるベーオウルフは
シュルディングの王国にいて人みなにとり友垣にとり
以前にましていっそう親しきものとなる

馬上の武人は時折たがいに競いあい砂ぼこりの道馬を駆《か》る
その時まさに夜《よ》はあけはなち日が天翔《あまが》ける
猛き心のあまたの戦士この世の不思議わが目で見んと
高くそびえる館に向かう
徳高きこと世に知られ栄光に輝く君主　宝物殿の守《まも》り人《びと》
王自らも后の閨を出で給い多くの侍臣従えて出御《しゅつぎょ》に及ぶ

后は王のあとにしたがい侍女の一行引きつれて
蜜酒の館にいたる道歩《あゆ》む

第十四節

デネ人《びと》の王フロースガール蜜酒の館に着いて階《きざはし》に立ち
金箔輝く屋根を見上げて
グレンデルの手を眺めつつかく述べ給う
「この眺め今見ることをただいまこの場で余は全能の神に謝す
グレンデルの幾多の暴虐　悪鬼のもたらす幾多の苦難
この身これまで耐えて来た

栄光の守り主　神は常々奇跡をなさる　次から次へと
他《た》に類を見ぬこの館
戦いの血潮にまみれ朱に染まって立っていたとき
この苦難免れる日が訪れること未来永劫《えいごう》ないものと諦めていた
先ほどまでのことである
あの苦難　賢者たちの胸を痛める　誰ひとりこの民草の要塞を
敵の手から悪鬼から悪霊どもから守ること可能なりとは予想だにせず
ひとりの武人この時に主の力を借り成し遂げた
われらすべてが己の技で果たせぬことを
実《げ》にかかる男子《おのこ》を人間族に授けた女性《にょしょう》生きてあるなら
産褥の床にあるとき永久《とこしえ》なる神の恩寵受けたこと語るであろう
それはそれとしベーオウルフよ　何人《なんびと》よりも優れた者よ
余は心中そなたを息子と思い愛《いつく》しむ

あらたなるこの縁者の縁《えにし》この後《のち》心に刻むべし
余が掌中《しょうちゅう》に収めるものでそなたの望み何一つ叶わぬものはなかるべし
余はこれまでに幾たびとなく
そなたに敵《かな》わぬ勲功に　そなたに劣る戦士に対し
戦にのぞむその場の勇気そなたに及ばぬものに対して
褒章とらせ栄誉授けた
そなたは御身《おんみ》自《みずか》らの働きにより栄光を永久《とわ》に輝くものとした
全能の神そなたに対し今と変わらず
良きことをもち報われんこと希《こいねが》う」
エッジセーオウの御子《みこ》ベーオウルフはいい給う
「お役に立ちたき思いから
われら魔物の力に向かい敢然と立ち
彼奴と戦いこの勇ましき働きなした

(53)鱗《こけら》で装う仇敵の息絶えた様　偽《いつわ》りのない奴の姿を
目《ま》の当りお見せせんとて
妖怪をしっかと掴み死の床に縛り上げるがわが思い
その身体《からだ》抜け出ることがないならば
わが手の中で瀕死のあがき見せたはず
彼奴を押さえおくことが主の御心《みこころ》にそぐわぬゆえに
逃れゆくのを止《とど》めるあたわず
遺恨ある敵しっかりとわが手に掴み止《とど》めておけず
逃げゆくときの強きことわが力をもって防ぐすべなし
だが彼奴　己《おのれ》の命守るため己《おの》が片手と腕と肩残して去った
しかしその時この惨めなる生き物は安らぎを得《う》ることあたわず
忌まわしき暴虐の徒《と》はその罪業の償いにやがて命を落とすもの
傷の痛みが疼《うず》きもたらす枷となり捉えて固く締めつける

(53) **鱗**　チカリング（Howell D. Chickering, Jr, trans. 1977, p. 103）の現代語訳に従う。

罪に穢れたこの者は栄《は》えある神の定める罰がいかなるものか
大いなる裁きがやがて下るのを彼奴《かやつ》はじっと待たねばならぬ」

エッジラーフの息ウンフェルス口数少なく
丈夫《ますらお》が力ずくにてもぎ取った悪鬼の手　悪鬼の指を
貴人たち屋根の高みに見上げるときに
武勇をかたる誇りのことば　(54)昨日の多弁もはやない
破風につるした(55)兵《つわもの》の手の指の一つひとつは先端が　爪先《つまさき》が
鋼鉄《はがね》と見まがう奇怪なる釘　魔界の鉤爪《かぎづめ》
人々すべて誰しも語るところによれば
剛勇の人々が持つ時経《ときへ》た今も劣化せぬ鉄の刃《やいば》もこの鬼に
斬りつけるのは難《かた》きこと
この怪物の戦で鍛えた血染めの手その力萎《な》えさせるのは難きこと

(54) **昨日の多弁**　第八節参照。
(55) **兵**　注39参照。

第十五節

さて館では時をおかずに命下る　牡鹿館を民《たみ》よ飾れと
男も女も多くの者が客人《まろうど》もてなす広間の準備整える
金の糸　中に織り込む綴《つづ》れ織　見る者の驚嘆さそい
多くの絵図が壁にきらめく
輝く館は内側を鉄の帯にて締めたもの
傷み激しく　蝶番《ちょうつがい》ははじけ飛ぶ　屋根のみ無傷
悪しき行為の罪にまみれた怪物が己《おの》が命を物ともせずに
宙を泳いで逃げ帰るとき屋根いささかも傷つかず
死を免れるは難きこと　試したき方試されよ
魂をもつ者のため　地に住まうもの　人の子のため

整えられたあの場所を
命をつつむ身体《しんたい》が死の床に結《ゆわ》えつけられ
この世の生の宴《うたげ》のあとの眠りに赴くあの場所を
必然の運命《さだめ》によって赴く場所を
人は求めて行《ゆ》かねばならぬ
さてヘアルフデネ公の息　フロースガール　広間に出御《しゅつぎょ》のときとなる
王自らが望まれた宴《うたげ》の席のご臨席
一族の者これほどまでに大挙して財宝を賜る人のまわりに集《つど》い
これほどまでの見事な振る舞い見せたこと
それがし未《いま》だ耳にせず
武名とどろく人々が床几に座して宴《うたげ》楽しむ
猛き心の王と甥　フロースガールとフローズルフがその中にあり
高くそびえる館の広間で礼儀正しく蜜酒の杯かわす

牡鹿館は朋友たちで満ち溢れ
栄華《えいが》きわめるシュルディングの民この時はまだ(56)二心《ふたごころ》なし

ヘアルフデネの御子(57)はこの時勝利の褒賞ベーオウルフに授与される
金色《こんじき》の旗　飾りほどこす戦の旗が
兜とともに鎖鎧《くさりよろい》が　人の知る高価な剣が
多くの者の見る中で英雄のもと運ばれる
ベーオウルフは広間において杯を受け酒杯かさねる
戦人《いくさびと》の面前で恩賞の品惜しみなくベーオウルフ賜ることに
恥じらい示すは無用の遠慮
金の装飾ほどこした四種《ししゅ》の宝物
これほどまでに親しげにエールの席で授けた人が
世に多しとは詩人《うたびと》聞かず

(56) **二心**　西暦紀元五二五年にフロースガール王が没すると、甥のフローズルフが王位を継ぐべき従兄弟のフレーズリーチを殺害して王位を奪った。この史実が念頭にあったものと思われる。（クレーバー Fr. Klaeber, ed. 1950^{3}, p. xxxvi による）。

(57) **御子**　写本には「剣」を意味する語が書かれているが、「子供」を意味する語の誤記とする説が一般的なようである。しかし、チカリング（Howell D. Chickering, Jr, trans. 1977, p. 107）のように sword-

この兜　頭頂に針金巻いて鉢覆い頭《こうべ》を守る
楯もつ戦士が敵軍迎え進み行《ゆ》かねばならぬとき
鑢《やすり》をかけて仕上げた業物　戦の嵐で鍛えた剣も
大きな疵《きず》を与えることのできぬもの
戦士らを保護する武人そこで命じる
金で飾った馬勒をつけた八頭の馬
囲みの中に　広間のうちに引き入れること
中の一頭　宝玉もって飾る鞍おく　装飾の技見事なる鞍をおく
その鞍は大王の座り給いし戦場の御座《ぎょざ》
ヘアルフデネ公の息フロースガールが
剣を交える戦いで戦場にあり座したもの
刃《やいば》にかかる者たちが斃《たお》れゆく中
令名高き王の勇気は戦陣にあり萎《な》えるを知らず

sonとするものもあり、「懐刀」の意であったかも分からない。いずれにしろ、文脈からフロースガールをさすことに疑いの余地はない。ここでは、一応通説にしたがった。

イングウィネの異名もつデネの人々守護する君は
役立てよといい馬と武器　そのいずれをもベーオウルフに譲り与える
この通り王者らしく惜しみなく英雄たちの宝の守護者
名高き王は馬と宝で戦いの嵐制した労に酬いる
この褒賞の下賜の品々
真実を語らんと欲する者の後《のち》のそしりを断じて受けるものでなし

第十六節

その上さらに武人ひきいる君王は
ベーオウルフの供として海原わたり訪ね参った戦士たち一人ひとりに

蜜酒の宴の席で宝物を　伝来の家の宝を授け取らせる
グレンデルが邪心に狂い手にかけて命脈絶った
一人の者の生命《いのち》の償い黄金《こがね》をもってなせと命じた
英明な神の聖慮とかの人物の勇気によって
運命《うんめい》を押し阻むこと叶わずばデネ人《びと》のさらに多くが
その命奪われること免れず
主《しゅ》は今と変わらず人間のすべての者を支配さる
それ故にそのこと悟り先を見通す英知もつのが
いずこにあっても最善のこと
この戦乱の世に永らえてこの世の生を楽しむ者は
楽しきことや厭わしきこと数多く見るは必定
広間の中は父君《ふくん》へアルフデネの軍

その指揮をとる総司令　フロースガールの御前《ごぜん》にあって
弦楽響き相共に詩人《うたびと》の声耳を打つ
(58)歓びの木なる竪琴爪弾《つまび》かれ物語詩《うた》いくたびとなく朗詠《うた》われる
フロースガール王の詩人《うたびと》
蜜酒を酌む床几の狭間で余興の朗吟なすべき頃合
その詩人《うたびと》がうたうのは(59)フレーザの王フィンの家来《けらい》の物語
予期せぬ危難身に降りかかるときのこと
(60)ヘアルフデネを率いる武将　シュルドの血筋引くフナフ
(61)ジュートの地(62)フレーザの死闘に果てる運命《さだめ》にあった
その時のこと詩人《うたびと》語る

(63)フナフの姉のヒルデブルフは
宿怨《しゅくえん》抱くデネとフレーザ和解せんため

(58) **歓びの木**　原詩には「歓びの木が挨拶した」とある。「歓びの木」は竪琴のケニング。

(59) **フレーザ**　ゲルマン民族の一部族。

(60) **ヘアルフデネ**　フロースガール王の父の名前ではなく、デネ人（びと）族を構成する部族の一つを指す。

　原義は「半デネ」。このくだりは当時の人々にはよく知られたことであったのだろうが、原文のままでは

フレーザ王の后となった
だがまことジュート人《びと》の忠義心褒めるいわれは后にはない
ヒルデブルフはなんら咎なく楯音《たておと》響くこの戦いで
致命の深傷《ふかで》　槍傷《やりきず》のため愛《いと》しき人々息子と弟奪われる
これぞまさしく愁える女性《にょしょう》
ホークの娘ヒルデブルフが朝になり運命《さだめ》を知って嘆くのは無理からぬこと
大空のもと愛しき人の殺害を目《ま》の当り見る
かつては王が歓喜にあふれ過ごした所で
フィン王の騎士わずかを残しことごとく戦場に消え
この合戦の場において
[64]ヘンイェストを向こうに回し戦い抜くは至難きわまることとなる
災禍免れ生き延びた供の者たち
主君近侍の将のもとから武力によって敵追い払うはもはや叶わず
フレーザ勢はデネに対して次の通りに休戦の条件提示
館の中の他の屋敷玉座も広間も何もかも一切のもの明け渡し

よく分からない。『フィンネスブルフの戦い』断章を参照しながら、チカリング（Howell D. Chickering, Jr, trans. 1977, pp. 322-326）にしたがって、幾分推測を交え、注にすべきものを本文に移し、読み物として理解できる詩行にする。（原詩に忠実な訳は巻末注（b）を参照。）

（61）**ジュート**　ゲルマン民族の一部族。

（62）**フレーザ**　現在のフリースラント（オランダとドイツの北海沿岸部一帯）またはフリースラント人。

（63）**フナフの姉**　フナフとヒルデブルフの年齢関係はトルキーン『フィンとヘ

館の支配デネたちとジュートの子らが等分に権利もつ
フォルクワルダの息フィン王が財宝授けるその時は
いかなる時もデネ人《びと》たちに敬意を払い
ビールの広間でフレーザ族の士気鼓舞するのと変わりなく
ヘンイェストの軍勢に輪環授け金箔はった宝物《ほうもつ》授け敬意を示す
強き力の和睦協定双方ともに受諾する
確固たる熱意をもってフィン王はヘンイェストに誓いを立てた
わが評定の者たちの意見聞き入れ
この災難の生き残り　デネの武人を丁重な言動もって処遇する
フレーザ人《びと》の何者であれ
言葉によってあるはまた行為によって協定を破ることあってはならぬ
恨みをもって策弄し協定犯すことならぬ
君主失い輪環さずけ給いし君を刃《やいば》にかけた者に従う羽目となろうと
心ならずも生じた結末
フレーザ人《びと》の何者であれ

ンイェスト』(J. R. R. Tolkien 2006, p. 35) の推論に従う。「リーズ大学(Leeds Univ.) の英語学教授であったトルキーンによると、武将は若くして戦場に散るものとする慣行があり、その在り様を明確にするにはヒルデブルフを年上とするほうがいいということである」。

(64) **ヘンイェスト**　ヘアルフデネを率いる武将。

暴言はいてかの血まみれの宿怨の記憶ふたたび呼び戻すなら
剣の先にて事を収める
フィン王は誓いのことばかく述べた
火葬の薪《たきぎ》用意ととのい見事な黄金《こがね》宝物殿より運ばれる
戦に長けたシュルディング人《びと》
中でも武勲並ぶ者なき戦士の遺骸今埋葬の薪の上に
血にぬれた鎖鎧《くさりよろい》が
鋼鉄《はがね》のごとく堅く仕上げて一面に金箔張った
猪かたどる立て物が
手傷に斃れた数多《あまた》の貴人が
荼毘《だび》の薪にはっきり見える
多くの者が刃《やいば》に斃れた
ヒルデブルフはその時命じる
わが息子伯父のフネフに近く横たえ弔いの火にゆだねよと
(65)骨の容《い》れもの　身体《しんたい》を荼毘にふせ　炎の中におくべしと

(65) **骨の容れもの**　原詩

この女性《にょしょう》(66)悲嘆にかきくれ挽歌を歌う
戦人《いくさびと》　王子の遺体薪の上に安置され
弔いの炎の中の最大のもの　螺旋となって立ち昇り
雲に達して塚の手前で轟音となる
戦士たち頭《こうべ》火に鎔《と》け
身体《しんたい》の傷　憎悪の牙が嚙《か》んだあと傷口はじけ血潮吹きだす
貪欲きわまる霊怪　炎　戦が攫《さら》う者皆《みな》を
敵味方いずれを問わず呑み尽くす
戦士らの栄光は去る

には「骨」を意味する語と「容器」の意味の語がつないであり、この行を直訳すると「骨の容れものを燃やせ」となる。「骨の容れもの」は「体」を意味するケニングである。

(66)**この女性**…　この行に「肩（の上）に」という意味不明の表現がある。イディオムであったものと思われる。

第十七節　（詩人《うたびと》の朗詠続く）

[67]フレーザ人《びと》の戦士たち戦友果ててフレーザの地に思い寄せ
故郷めざして高き地にたつ砦に向けて去ってゆく
ヘンイェストはその時いまだ
虐殺の血に塗られた冬をフィンのもと　仮寓で過ごす
鬱々として楽しまず
輪になった舳先もつ船海原に漕ぎ出《い》だすことも叶わず
望郷の念脳裏離れぬ
海は波立《だ》ち風に抗《あらが》い冬の季節が氷の枷で波浪を縛る
今と同じく家々に年改まり
天候は季節の変化正しく守り明るく輝く日々となる
冬は去り大地の胸は麗しい

（67）**フレーザ人の…**　フレーザの戦士たちは、フィン王に召しだされてデネ人（びと）暗殺に加担したが、フィン一族とデネ人との間に和睦が成立して故郷に帰る許可が出たものと思われる［レンとボルトン（C. L. Wrenn and W. F. Bolton, eds. 1996[5], p. 143）による］。「フレーザに去る」というのは、単に叙事詩を飾るための発想に過ぎないか、フィン王の館が厳密にはフレーザ領域を外れたところ

異郷の住まいを余儀なくされた客人《まろうど》にとりその館去りゆくことは切なる願い
だが彼の思いは航海よりも受けた仕打ちの報復にある
ジュート族の子供らのこと胸奥《むなおく》にあり心にかかるは戦い仕掛ける方策のこと
鋭き切っ先ジュート族に知られた業物　最高の剣
戦に際しきらめき放つ名剣をヘンイェストの膝に預けて
(68)フーンラーフの息その心中《しんちゅう》あかし(69)復讐を求める心見せたとき
復讐という世の慣《な》らいヘンイェストは拒絶せず
かくてフィン　豪胆の人フレーザの王
己《おの》が館で容赦なき刃《やいば》にかかり惨殺されることとなる
デネの武人グースラーフとオースラーフが波を越え大海原を渡り来て
呵責なき攻撃に　受けた災禍に悲痛の思いあらわに吐露し
デネ人《びと》に苦悩与えたその責めを詰《なじ》ったときのことだった
逸《はや》る心を胸中に収めておけず広間の中は仇《かたき》同士の血で染まる
守護する兵に囲まれながらフィン王もまた刃《やいば》に斃れ
后はデネに捕らわれる

にあったかのいずれかであるとレンとボルトンはいう。即興の朗吟であれば、話の脈絡そのものより、「フレーザ人の故郷＝フレーザ」という図式が詩人の脳裏に強く浮かんで叙事詩を飾る表現となったということは十分ありうる。

（68）**フーンラーフの息**　ヘンイェスト軍の一兵士。

（69）**復讐**　ケネディ（Kennedy 1940, p. 37）がその訳詩の中でフーンラーフの息子が剣をヘンイェストのひざに置いたことを、「それとなく見せた明らかな意思表示」としているのに従った。

シュルディングの戦人《いくさびと》　フィンの館で見つけ得る
首の飾りの宝玉を
この国の王の家財の一切を船へと運ぶ
かの高貴な女性《にょしょう》は海路《うなじ》を越えて
自らの邦民《くにたみ》のもとデネの郷《さと》へと連れ行《ゆ》かる
詩人《うたびと》の朗吟終り歓びの声ふたたび起こる
床几のさんざめきひときわ高く酌取りが見事な酒器からワインを注ぐ
このとき后ウェアルフセーオウ金の輪をもて頭《こうべ》飾って進み出《い》で
高貴なるかの二人　叔父(70)と甥座するところへ歩を運ぶ
二人の絆今なお固く互いに偽る心なし
側御用人ウンフェルスまたシュルディングの長《おさ》の足下《そっか》に控え座す
刃まじえるとき来れば
親族とても容赦せぬ者

(70) **叔父と甥**　フロースガール王とその甥フローズルフ。原詩1015行（第十五節）に既出。

そうではあれど武勇にすぐれ
王家の人びとその心根に信をおく
頃よしとシュルディング家の女性《にょしょう》その時口開く
「わが気高き陛下　財宝分かち給う君
このお杯お受けあそばせ
黄金《こがね》を授け臣下の愛慕うけ給う方
誰しも皆《みな》がなすべきように殿はご機嫌麗しくあり
イェーアト人《びと》の方がたに優しきことばお掛けあそばせ
イェーアト人にお情けをおかけくださり
近くからまた遠くから手に入れられた宝物《たからもの》
贈られることお忘れなきよう
王様はかの戦士わが息子にと思し召しとか
輪環さずける輝く館　牡鹿《おじか》館《やかた》の浄めは成就

褒賞の授受かなう間は数かずの褒賞与え
天命尽きて逝かれるときは
王国とその邦民《くにたみ》を身内のものにお遺し召され
心優しきわれらがフローズルフのことをわたしは存じておりまする
シュルディング族の王なる陛下
フローズルフに先んじて逝かれることがあるならば
フローズルフは若き吾子《わこ》たち彼らの体面大切にして
その者たちを守《も》り立ててくださりましょう
思いまするにフローズルフが幼少の日々
幼き甥御の喜びと誉れのためにわれら二人が授けた恩恵
その一切が甥御の念頭去っていぬなら
わが息子らに情愛深く報いて下さることでしょう」
かく言いおいて后は向かう

息子たちフレースリーチとフロースムンドが
戦士らの息子たち　若き者らと座を共にする床几のところへ
かの勇者イェーアト人《びと》のベーオウルフ兄弟二人の傍らに座す

第十八節

ベーオウルフに酒杯運ばれ
ウェアルフセーオウ親しくことばかけながら
杯すすめ心をこめて輪環贈る
金の輪飾《わかざ》り　腕輪一対　(71)戦衣《いくさごろも》に鎖の鎧
それに加えてこの世において

(71) **戦衣**　「胴鎧」とする訳もあるが、原詩では「衣

この詩人《うたびと》の聞き知るところ大《だい》なる点で並ぶものなき首飾り
戦士秘蔵のこれらに勝る宝物《ほうもつ》のこと天《あめ》の下詩人《うたびと》いまだ耳にせず
これらのごとき類《たぐい》まれなる宝物が英雄の手に渡るのは
首飾る[c]ブロージングの見事な細工を
[72]荒くれハーマが輝く砦に持ち帰って以来なかった
このハーマ[73]エオルメンリーチェの姦計逃れ
[74]失《う》せることない名声を得る
ベーオウルフに褒賞として后の贈る首飾り
スウェルティングの甥にしてイェーアト族の君主なる人　ヒイェラーク
その人にとり最後となった遠征で旌旗《せいき》のもとで宝を守り
奪った敵の宝物《ほうもつ》見張るその時に
王の首飾った宝環
[d]矜持《きょうじ》のために艱難求め

服」を意味する語が使われている。ハリソンとエンブルトン（Mark Harrison & Gerry Embleton 1993）を見ると、当時の戦いの服装は膝上まであるシャツのようなもので、腰のところを紐で縛って用いていたようである。あえて「戦衣」とした。

（72）**荒くれハーマ**　ハーマはゲルマン民族の一部族ゴート族の伝説の人物。「荒くれハーマ」の「荒れる」の意味は原詩にはない。クレーバー（Fr. Klaeber, ed. 1950^3, pp. 177–178）に基づいた訳者の挿入。

（73）**エオルメンリーチェ**　東ゴート族の王。四世紀の

フレーザの宿怨受けて立ったとき
運命《さだめ》が王を連れ去った
宝珠《ほうじゅ》宝環身の飾りとし
波を湛《たた》える杯(75)を越え遠き方より渡り来た王
威風辺《あた》りを払う君楯のもとにて斃れ臥《ふ》す
王の亡骸《なきがら》　遺骸《いがい》の胸を包んだ鎧　首の宝環ともどもに
フランク族の手に落ちた
イェーアト人《びと》は敵軍の刃《やいば》の餌食
戦い果てて戦士たち屍群《かばねむら》がる野に横たわり雑兵どもが盗みはたらく
酒宴の広間に喝采の声
ウェアルフセーオウ口開き一同を前にしていう
「親しき人ベーオウルフ若き武人よ
その首飾りお使い召され
武運にめぐまれ給わんことを

人とされる。ハーマは後にエオルメンリーチェからブロージングの首飾りを盗むことになる。

(74) **失せる…**　アレグザンダー（Michael Alexander 1973, p. 89）の読みに倣う。

(75) **杯**　「海原」のケニング。

その戦衣《いくさごろも》をお召しあれ首の飾りと戦衣は部族の宝
いついつまでも幸《さきわ》い召され
武力でもってそこもとを世に示されよ
ここな年端《としは》のゆかぬ者たち親しきことばでお導きあれ
そなたの好意報いることはゆめ忘るまじ
そなたは為《な》した見事な働き
風の故郷《ふるさと》海原が切り立つ岸辺囲む陸《おか》
その隅々で　近隣にても遠き方でも
久しくそなたを称えることとなりましょう
貴きお方　生ある限り栄えあれ
価値高き宝物そなたに進ぜましょう
幸《さち》多き人ベーオウルフよわが息子よしなに
この場の面々互いに偽る心ない

穏やかにして主君に忠義の戦士たち
家臣たち結束固く戦の備え怠らず
杯かさねたこの戦士たち私の願いのまま動く」

后はそこで席に着く　粋を極めた宴《うたげ》であった
宴席の者美酒《うまざけ》を酌《く》む己《おの》が運命《さだめ》を知ることもなく
夜《よる》が訪れフロースガールが己《おの》が住まいに向かわれたあと
貴き人が床に就かれたそのあとで
数多《あまた》の戦士に起こったごとき
身の毛もよだつかつての宿命待つとは知らずに
過ぎ来《こ》し日々にしたごとく
その数知れぬ戦士たち広間に残る
床几おく板間片付き床《とこ》並び枕おかれて寝所となった

ビール飲む戦士の中の一人のものは
やがて命運尽きる定めの身にありながら
広間の床《とこ》に身を横たえた
戦いの武器なる楯を　輝く板を戦士たち枕辺に置く
床几の上にはっきりと姿見せるは戦陣にあり峙《そばだ》つ兜
鉄の輪つないだ鎖の鎧　輝く長槍《ながやり》
故国にあるも征旅のときも
主君にとって必要となるときのため
戦の備え怠らぬのが彼らの慣《なら》い
この戦士団優れた部隊

第十九節

戦士たち眠りに落ちた
その中のひとりの者が夜の憩いに痛ましき代価を払う
この代価　厄難は
グレンデルが黄金《こがね》の館占拠して武人らに危害を加え
数々の罪業積んだ挙句の死　己《おの》が最期を迎えるまでは
幾たびとなく戦士らの身に及びし大禍《たいか》
かの憎むべき仇敵の死してのち　酷《むご》い闘い済んだあと
[76]久しき間復讐を志す者生きてこの世にありしこと
明らかとなり知れ渡る
女の魔物　グレンデルの母親の悲痛の思い消えはせず

(76) **久しき間**　実際は、グレンデルの死後一晩が経過したに過ぎない。復讐者（グレンデルの母親）の無

父方の身内にあたるたった一人の兄弟を
刃《やいば》にかけてカインが殺して以来この方
女の魔物水におびえて流れる水の冷たき中に
住まう運命《さだめ》となっていた
その時カイン神に敵する者となり殺人の烙印押され旅立って
人の世の喜び逃れ荒れ野に住んだ
呪われた悪霊数多《あまた》このカインから生まれ出る
(77)血に飢えた猛《たけ》る狼　かのグレンデルまたその一人
グレンデルは牡《おじ》鹿館《かやかた》で
眠らずに闘いを待つ男《お》の子に出会う
邪鬼は男の子に掴みかかるが
その勇士己が力の強きこと忘れてはいぬ
この強さ神に授かる豊かな才能

念を表すための誇張語法と思われる。

(77) **血に飢えた…**　ホール（J. R. Clark Hall, 1960[4]）が「血に飢えた狼」とするのに従う。

そこで勇士は万能の神にすがって助け乞い
神助を願い加護願う
益荒男《ますらお》は神の力に助けられ敵を征服
地獄の悪霊打ちのめす
この悪鬼　人間の敵　惨めなる姿で落ちゆき
喜びを奪われたまま臨終の床に到った
悪鬼の母親　貪婪《どんらん》にして鬱々《うつうつ》たる者
息子の死　恨み晴らしてみせようと
人の歎ずる企てに出《い》で行《ゆ》くことを心にきめた
かの魔物牡鹿館にいたり着く
広間の中は鎖鎧で世に知れたデネの人びと
其処《そこ》ここ彼処《かしこ》と眠り込む
グレンデルの女親中に入るや一瞬に戦士らにとり事態急変

だが戦士らの受ける恐怖はさほどにあらず
鎚で鍛えて金の輪飾りほどこす剣もて
血にぬれた堅き刃《やいば》の剣をもち敵の兜の猪の像叩っ切る
そのときの男に較べ
女の力　女が闘う戦の恐怖さほどのものとは思われず
広間の中は戦士たち床几の上の剣を手に
硬き刃《やいば》を抜き放ち
幅広き楯　手でしっかりと掲げもつ
だが危難にあわて何人《なんびと》も兜には思いいたらず
大鎧《おおよろい》にも思い及ばず
女の魔物その姿認められるや慌てふためき
生き延びんため広間の外に逃れんとする
速やかに貴人の一人をしっかと掴み

沼地を目指し落ちてゆく
この貴人二つの海に挟まれた大地にあって
フロースガールの御覚《おんおぼ》え一際《ひときわ》めでたき戦士の一人
側近として仕えた武人　剛力《ごうりき》の人
楯もつ戦士　勇名はせた戦人《いくさびと》　貴き勇士
この人を女の魔物己《おの》が寝床で食い殺す
ベーオウルフはそのとき広間の中に居ず
音に聞くこのイェーアト人《びと》は宝物《ほうもつ》の授与受けたあと
早くから別の寝所《しんじょ》を賜っていた
牡鹿館に叫喚の声
女の魔物血にぬれた件《くだん》の腕を奪い去る
新たな愁い始まって館を襲う
いずれの側も相手斃せば味方の命が代償となる

殺害をもち弁済となすこの取り引きは良きものでなし
頭《こうべ》に霜おく戦人《いくさびと》　齢《よわい》重ねた英明な王
格段の信愛よせる戦士の長《おさ》が今息絶えて
帰らぬ人となりしこと知り狂わんばかり
勝運強きベーオウルフ急ぎ召されて王の寝所へ駆けつける
夜明けとともに高貴な武人他の戦士たちともどもに
自《みずか》ら家臣引き連れて英明な王待ち給うご座所に向かう
王はそのとき不安に心かき曇る
悲報のあとの事態の好転
全能の主がなし給うものであるかと
武勇あまねく知られた人は
部下ともどもに床踏み渡り館に足音鳴り響く
英明な人イングウィネの君主に対しこの武人ことばを掛ける

御《み》心《こころ》満たす心地よき夜《よ》を過ごされたかと

第二十節

シュルディング人《びと》守る方フロースガールは述べ給う
「気分について尋ねるでない
デネ人《びと》の新《あら》たな愁い始まった　[78]アッシュヘレが今は亡い
[79]ユルメンラーフの兄アッシュヘレ
余の腹心で相談相手
敵味方歩兵同士が衝突し猪の像打ち合って
われらが頭《こうべ》を守ったときに肩を並べて立った仲

(78) **アッシュヘレ**　デネ族の戦士。フロースガール王の片腕。
(79) **ユルメンラーフ**　デネ族の人。

高貴の者は　秀でた貴人はアッシュヘレの如くあるべし
さまよえる殺戮の鬼　牡鹿館でアッシュヘレを手に掛ける
恐ろしき鬼死体喜び宴《うたげ》楽しみ
いずこの方へ立ち去ったのか余には分からぬ
女の魔物仇《かたき》をとった
昨夜そなたがしっかりとその手に掴み
凄《すさ》まじき力によってグレンデルを斃した仇《あだ》を
グレンデル余りにも永きにわたり邦民《くにたみ》殺し数を減じた
ゆえに貴殿はグレンデルを斃された
邦民殺しの罰としてグレンデルは命失う
闘いに敗れて果てた
今もう一人己《おの》が身内の復讐のため強き力の邪鬼現れる
邪鬼この通り怨《うら》み晴らした

財宝分かつ余のために心の中で涙する
家臣の中の多くにとって心の責苦と映る仕方で怨《うら》み晴らした
みなの望みが叶うよう助けるために差し伸べた
アッシュヘレの手もはや動かぬ
この土地《くに》に住む者たちが　わが邦民と広間に座する評定人《ひょうじょうびと》が
かく語るのを余は耳にした
辺界を渡り行《ゆ》く図体《ずうたい》巨大な二人の者が　異世界に住む魂魄が
荒れ野占拠し居座り居《お》ったと
余の邦民はしかと知る
一人のものは女のごとき姿態と振舞い
あとの一人は無残な格好　男の姿で流人《るにん》の道ゆく
図体《ずうたい》の大《だい》なる点で敵《かな》う者なし
地上に住む者遠き昔にこの怪物名づけグレンデルとす

グレンデルはその父不祥
他の魂魄の秘めたる誕生その有無もまた人々知らず
彼奴《かやつ》ら二人　人間の足踏み入れぬ秘境を占拠
狼の丘　風吹く岬
小径《こみち》行《ゆ》き交《か》う危険な沼地
あたり一帯岬の霧が立ち込めて
その奥底深く大地の下に山の急流ながれ落ち　湖《みずうみ》となる
そこはここから遠くない　幾マイルとは離れておらぬ
霜おりる森湖水にせり出し
しっかりと根を張る木々が湖面をおおう
水面《みなも》の上で夜毎夜毎に恐ろしき不思議な光景目に入る
満々と湛えた水に火が燃える
水底《みなぞこ》の様知るほどの物知りは人の子の中には居らぬ

ヒースの丘を歩む獣《けだもの》　強き角はやした牡鹿
犬に追われて遠くより逃げ森求めるも水際《みぎわ》にいたり
木々に頭《こうべ》を包まれて森の深きに潜むの諦め
岸辺にあって魂捨てて命絶つ
心地よき場所にはあらず
風が立ち激しき嵐起こるとき
水面《みなも》から黒き雲まで波立ち上がる
やがて大気は暗鬱となり大空が涙を落とす
ここに至ってまたまた助け頼めるはそこもと一人
だがそこもとは奴らの棲み処《すみか》身の毛がよだつ魔窟を知らぬ
極悪非道のかの奴らそこには姿現そう
そなたに勇気あるならば訪ねみられよ
そなたが生きて帰られるならグレンデルの時と同じく

遺恨の怨み晴らす戦に富で報いる」

第二十一節

エッジセーオウの息ベーオウルフは王に答える
「英明な王　心お砕き召されるな
何人《なんびと》であれ友失いし者にとり友の復讐大いなる哀悼しのぐ
この世の生がやがて終わりを告げる日が来る
それは誰しも避けえぬ運命《さだめ》
生あるうちに栄《は》えある行《おこな》い為《な》しうる者には為さしめ給え
その行為戦士にとって月日たち世を去ったときすべてに勝る

お立ちくだされ　王国を守護する御方《おかた》
グレンデルの身内の女辿りし跡を見に参るべし
それがしは殿に約する
かの女の魔物行く先いずこになろうとも
巣窟であれ　地の底であれ
山懐《やまふところ》の森林であれ　海底であれ
いずれにその身潜《ひそ》めようとも逃げおおすこと許さぬと
今日のところはすべての悲哀お堪《こら》えくだされ
君の忍耐お信じ申す」

このとき老王すっくと立って
ベーオウルフのことば神に謝す　力強き主《しゅ》に謝した
英明な王たてがみ(80)編んだ馬の背に鞍を置かせて

(80) **たてがみ編んだ**　ハ

装備ととのえ進み行《ゆ》く
楯もつ戦士　歩兵の隊が進み行く
足跡が森の小道に遠くから見え
地面の上を　暗き沼地を
女の魔物が真っ直ぐ進んだその通り行《ゆ》く
王ともどもに故郷《くに》を守った若き戦士の選《え》りすぐり
その人の魂抜けた体運んだ足跡がゆく
そこから先は貴人の子供峻険《しゅんけん》な岩山を行《ゆ》き細き道ゆく
人一人からくも行《ゆ》ける(81)一人道《ひとりみち》ゆく
誰知る者ない道辿り切り立つ岩山登り越え
水の妖怪棲《す》むところ　幾多の巣窟通りゆく
場所のありさま検分せんと数名の賢者とともに王先に立ち
馬進めれば忽然《こつぜん》と

リソンとエンブルトン (Mark Harrison & Gerry Embleton 1993, p. 24) が掲載する十一世紀の写本の挿絵に、軍馬のたてがみを編んでいた様子がうかがわれる。

(81) **一人道**　原詩が「一」を意味する語と「小道」を意味する語をつないで一語としたのにならった訳者の造語。

山の木々淡く黒ずむ岩にかぶさり
陰鬱な森となるのが目にふれる
木々の下には血に濁り波立つ湖水
湖《うみ》に切り立つ崖の上　アッシュヘレの頭《こうべ》が見える
その頭《こうべ》目にしてデネ人は一人残らず
シュルディング人《びと》の友もまた
胸張り裂ける思いする
大勢の家臣にとって　貴人たちすべてにとって
心の痛み耐えがたし
湖のあふれる水は血潮で沸いて
熱き血糊でふつふつ滾《たぎ》る
人々水面《みなも》に目を凝らす
角笛が再三再四戦いの歌　士気を鼓舞する調べをうたい

戦士たちみなその場に座した
水を通して蛇族《へびぞく》あまた目に入る
奇怪な生き物海蛇が水中探り
水の怪獣岬の崖の岩の斜面に横たわる
真昼時《まひるどき》まで蛇と怪獣いく度《たび》となく航路に出かけ妨げをなす
魔性《ましょう》のものは戦いつげる角笛の音《おと》耳にして
いきまき猛り水底《みなぞこ》めざし突き進む
中の一匹弓と矢でイェーアトの王子がしとめた
王子の征矢《そや》が命の臓器見事に射ぬく
そのとき命怪物の体を去って
水面《みなも》での波との闘い終わりを告げる
死が怪物を連れ去る故に水面の泳ぎゆったりとなる

波の落し子《おとしご》奇怪な生き物水に浮かぶを逆《さか》とげついた野猪《のじし》狩る槍
追い立て追いたて力に任せ攻め立てて岬の上に引き上げる
人びとはこの恐ろしき客人《まろうど》凝視《ぎょうし》
ベーオウルフは甲冑まとう
己《おのれ》の命気にする気配いささかもない
手で編んだ見事な出来の胸幅《むなはば》ひろき鎖鎧が水中探ることとなる
この鎧敵意あらわな手の平で
怒《いか》れるものの悪意の手にて胸座《むなぐら》を取られてもなお
命に損傷受けぬよう骨つつむ身体《しんたい》守るすべを知る
王子の頭《こうべ》守るのは光り輝く兜の逸品
宝玉で飾り施し見事な帯金《おびがね》巻いたもの
波騒ぐ水の中での探索でいずれ湖底をかき乱す
その昔武具甲冑鍛える鍛冶職が

後《のち》の戦でいかなる剣もたたき切ることできぬよう
見事に仕上げた形は崩れず
フロースガールの側に仕えたウンフェルス
まさかの時にとベーオウルフに
フルンティングの銘もつ剣を
柄《つか》つけた人に知られた剣を貸す
時代のついた宝物《ほうもつ》の中の逸品
刃《やいば》は鋼鉄《はがね》　毒(82)に浸して焼きなまし戦の血糊で鍛えた鋼鉄《はがね》
敵軍の戦線めざし危険に満ちた遠征に
出《い》で行《ゆ》く勇気ある人がこの剣《つるぎ》手に向かうなら
戦に負けることはない
この剣《つるぎ》勇武の舞を見せるのはこの度が始めにあらず
エッジラーフの息　剛勇の人ウンフェルス

（82）**毒**　アレグザンダー（Michael Alexander, trans. p. 97）の読みをとる。

己に勝る剣の使い手ベーオウルフにこの剣を貸すに際して
酔[83]いに任せてこの前語った非難のことば　まこと胸裏にその陰とどめず
ウンフェルス自らは命を賭《と》して波に逆らい勇気を示す気概なし
ウンフェルスその場で失う栄光と武勇の誉れ
ベーオウルフ合戦の身支度終えたその時はウンフェルスとは立場逆

(83) **酔い**　第八節参照。

第二十二節

エッジセーオウの息ベーオウルフはいい給う
「英明な王　ヘアルフデネ先王の名高き御子《みこ》よ
黄金《おうごん》授け臣下の愛慕うける方にそれがし言上つかまつる

それがしの戦の用意今整うたこのときに
われら二人が言い交わしたる先のことばをお忘れ召さるな
もしわが命　殿の御為《おんため》捨てるとなれば
死したる者の父の代役それがしの為いつなりと
果たし終えんと仰せになった
そのことお忘れなきように
戦が黄泉《よみ》へそれがし攫《さら》い連れ行《ゆ》くならば
わが身辺の供の者　若き家臣を守護されんこと　希《こいねが》う
慕わしき王フロースガール
下し給うた宝物《ほうもつ》はヒイェラークのもと送られよ
フレーゼル王の息　イェーアトの王ヒイェラーク
宝物《ほうもつ》を見て悟られましょう
財宝分ち給いし君主　資質すぐれた御方《おんかた》に

拝顔の栄を賜り生ある間御覚《おんおぼ》え殊にめでたくありしこと
世に知れた人ウンフェルスには
往古より伝わる剣を　波型《なみがた》紋の見事な剣を
硬き刃《やいば》のこの剣を　お持たせ下され
それがしは(84)フルンティングで名声博す
もしもそのこと叶わぬならば死がそれがしを連れ行《ゆ》かん」

かく言いおいて答《いら》えを待たず
(85)嵐恐れぬイェーアト族の王子雄々しく足早《あしばや》に行《ゆ》く
この武人波立つ水にその身委《ゆだ》ねた
一日がやがて終わるという頃に湖底が勇者の目に入る
狂暴にして強欲なもの
(86)六月《むつき》が百を数える間広き水域守り通した妖怪は

(84) **フルンティング**　ウンフェルスの愛刀。ベーオウルフに貸与。

(85) **嵐恐れぬ**　原詩では、「イェーアト族」を意味する語の前に、「天気」の意味の weder（ウェデル）という語がついている（この語はしばしば「イェーアト」の別名として用いられる）。

ただちに悟る男子《おのこ》のひとりが水面《みなも》から彼らの棲《す》み処《か》探りに来たと
女の魔物は掴みかかった
恐ろしき握力もって戦士捉える
だが益荒男《ますらお》の傷ひとつない身体《しんたい》は損傷受けず
鎖の網が覆いとなって体を守る
それゆえに女の魔物
鉄の鎖をつないで編《あ》んだ鎖鎧に
憎悪のこもる指突き立てるも身体にまで刺し通しえず
水に棲むこの狼は湖底に到《いた》るや
己《おの》が棲《す》み処《か》に鉄の輪まとう王子連れ込む
いかほどの勇者なろうと剣揮《ふる》うことできぬよう
水の中では妖《あや》しげな生き物あまた勇者悩ます
闘う牙もつ幾多の水の獣《けだもの》が

部族をあらわす固有名詞の前に頭韻を踏むための技法として、いろいろな修飾語がつけられるが、これもその例である。ここの「ウェデル」は忍足（1990）に従って「嵐をものともせぬ」を意味すると考えた。

（86）**六月**　原詩は「半年が百回」として、半年を一つの単位とする。拙訳では「六月（むつき）」とした。

戦衣《いくさごろも》を引き裂かんとし
妖怪どもが勇者のあと追う
気づいてみれば敵意に満ちたとある広間に
勇者は足を踏み入れていた
広間の中は水で苦しむことはない
屋根に覆われ押し寄せる水体に触れず
目に入るのは炎の明かり
赤々と燃え　きらめく光
ここで勇者は目にとめる
地底に住まう呪われた女《おんな》魔物《まもの》を　怪力の水の女を
勇士は剣に弾みつけ容赦なき一撃くわえた
輪飾りつけたこの剣は女魔物の頭《こうべ》に命中
敵《かたき》の血むさぼる剣が音たてる

だがその時に客人《まろうど》は知る
戦場の光なる剣肉に食い込み命に損傷与えぬことを
王子のために剣役立たず
これまでは数々の対戦に耐え
斃れる定めの戦士の兜たたき割り
戦衣《いくさごろも》を切り裂いた
貴き宝この剣の栄光陰るは今が初めて
だがヒイェラーク王の甥勇気は萎《な》えず
己《おの》が誉れに思いをいたし決然として立ち向かう
怒れる勇者飾りをつけた(87)波型紋《なみがたもん》の剣投げ捨てた
焼いて固めた鋼鉄《はがね》の刃《やいば》下に落つ
勇者は恃《たの》む己の力　強き握力
消えることない賞賛を戦で得んとするときは

(87) **波型紋の剣**　波型紋の剣はウンフェルスに譲ったはず。吟遊詩人の勘違いか。原詩１４９０行（第二十二節）参照。

男子《おのこ》たるものなすべきとおり己の生命《いのち》気にかけぬ
戦いの民イェーアトの王子はそこで
争いにひるむ気配はいささかもなく
グレンデルの母親の肩を捉えた
闘って負けるを知らぬこの勇士
つのる怒りに胸煮えかえり遺恨ある敵投げ飛ばす
女の魔物床に落つ
怪物は間髪入れず恐ろしき握力もって報復し
勇者の体しっかと掴む
戦士の中で最強の歩兵とはいえその時気力わずかに衰え
よろめき倒れ仰向《あおむ》けとなる
女の魔物広間の客を組み敷いて
刃《やいば》きらめく幅広き短剣を抜く

胸にあるのは息子の仇討《あだ》ち　一人息子の無念を晴らすことばかり
ベーオウルフの両肩は
編《あ》んで作った胸おおう網　鎖鎧に包まれる
鎖鎧が命を守る　槍も刃《やいば》も貫けず
エッジセーオウ王の息　イェーアトの勇者はこのとき
果てしなく広がり続く大地の底へと
死出の旅路に就かんとす
だが胴鎧　硬く仕上げた戦の網が勇者を助け聖なる神が勝利もたらす
勇者はふたたび立ち上がる
天界を支配し給う英邁《えいまい》な主《しゅ》は
勇士の勝利　躊躇《ちゅうちょ》なく正《ただ》しく決意し給うた

第二十三節

そのとき勇者　戦陣に令名はせた剣《つるぎ》をば
壁[88]にかかれる甲冑の中に認める
巨人の手になる古き剣　巨人が手並み見せた名剣
刃《やいば》の硬き諸刃《もろは》の剣《つるぎ》　戦士の誉れ
数ある武器の最高のもの　装飾ほどこす見事なる剣
だがその剣の大《だい》なることか
余人には戦いの場に持ちゆけず
シュルディングの豪傑は
憤怒《ふんぬ》あらわに面《おもて》に出して剣に手をかけ
輪飾りつけた柄《つか》ひっ掴む　輪型紋《わがたもん》うく刃《やいば》引き抜き

(88) **壁にかかれる**　「壁にかかっていた」ことは、原詩のこの部分にはないが、第二十四節冒頭部にあるのでここに挿入した。

己《おの》が命を物ともせずに怒りにまかせ振り下ろす
魔物の首もこの刃《やいば》には抗しえず
輪状《りんじょう》の骨砕け天命尽きた魔物は体切り裂かれ
さしもの魔物も床《ゆか》に伏す　剣には血のり
勇者の心己《おの》が労苦に満ち足りる

(89)灯火《ともしび》はひときわ明《あ》かく巣窟の中にきらめく
天空のろうそくが空の上から明《あ》か明《あ》かと輝くごとくに
ヒイェラーク王の重臣ベーオウルフは
巣窟見渡し壁際に沿い歩を運び
怒りあらわに決然として柄《つか》握りしめ剣振りかざす
この刃《やいば》兵《つわもの》にとり用を果たした
だが勇者　望むのは時を移さず今(90)いちど

(89) **灯火**　第二十二節参照。

(90) **今いちど**　この表現

グレンデルに報復なすこと
一度にあらず幾度《いくたび》となくグレンデルが西デネ人《びと》になした襲撃
その報復を勇者は望む
フロースガールが共に炉を囲んだ家臣をグレンデル
眠るところを殺害し
十五人のデネ人《びと》を眠るさなかに食い殺し
あるはまた　おぞましき事十五人をさらい連れ去る
グレンデルのこの所業　剛勇の人ベーオウルフが報い与えた
牡鹿館の戦いでグレンデルがこの勇士から受けた手傷はその時のまま
グレンデル戦《いくさ》のために力萎え命失い臥所《ふしど》にあった
ベーオウルフは屍《かばね》に向かい
渾身の力をこめてここで再び報復の剣を浴びせる
屍　肉裂け　頭《こうべ》が落ちる

は原詩にはない。前後の関係を明確にするために加えた。

フロースガール共どもに湖面見つめる賢者たち
たちまち見取る水面《みなも》の様を
水面一帯波たち騒ぎ見るまに朱《あけ》に染まりゆく
白きもの髪《おぐし》に混ざる武人たち勇者について語り合う
二度と見《まみ》えはするまいと
勝利を収め意気揚々と名高き王の御前《おんまえ》に
参上することあるまいと
もはや多くの者にとり
水の獣《けもの》がベーオウルフを斃したことは疑えず
時(e)まさに第9時の刻
一日の務め切り上げ帰路につくべき頃合いとなる
勇ましきシュルディング人《びと》の面々岬を払い
黄金《おうごん》授け臣下の愛慕《あいぼ》得る王(91)はそこで館へ引き上げ給う

(91) **王** 原詩には「黄金」

故国を後に訪れたイェーアト族の武人たち
暗澹《あんたん》として心はふさぎ岬に座してひたすら湖面に目を注ぐ
詮無いことと思いながらも
親しき主君その人の姿見んとの思いを捨てず
その時剣は闘いの熱い血潮に熔《と》け始め戦場の氷柱《つらら》と化した
時間と季節を掌中《しょうちゅう》に収めておわす父なる神は
霜の足枷・氷の足枷溶《と》くときに凍れる水を溶かしめ給う
これぞ真《まこと》の神ならん
その時に凍れる水の溶けるがごとく刃《やいば》が消えて跡形もない
奇怪なる不思議の一つ
嵐恐れぬイェーアト族の王子その時
あまたの宝目にはすれども携え行《ゆ》かず

と「友」を結び付けて一語とした単数の語があり、「黄金の友」（親しく黄金をさずける人）となっている。ここは、ヒーニー（Seamus Heaney, trans. 1999, p. 52）の読みをとって「王」とした。

王子が魔物の棲み処《すみか》から持ち帰るのは首と柄《つか》のみ
首級のほかは宝玉輝く柄一つ
錵《にえ》浮く刃《やいば》燃え尽きてあの大剣はすでにない
魔物の血潮さほどに熱く魔界の霊は毒をもつ
その魔物　魔界に死して今は亡い
この戦いで仇《かたき》を斃し生き延びた勇者はすぐさま水かいくぐり
水面《みなも》目指して進み行く
魔界の霊は命ある日々捨て去ってはかなきこの世後にした
波立ち騒ぐ果てなき水面《みなも》今は清らか

(92)船人《ふなびと》守るこの武人　剛勇の人　水かきわけて陸地にいたる
携えてきた大荷物《おおにもつ》　水底《みなそこ》で得た戦利品　兵《もののふ》の心を満たす
重臣たちの見事な一隊　船人を守護する人に歩《あゆ》み寄り

(92) **船人守る**　ベーオウルフが水の魔界の支配者を退治したことにより、航海は平穏になった。「船人守

その人迎え殿の姿に歓喜して
主君の無事を目《ま》の当たり目にし得たこと神に謝す
主君に仕える戦士たち
強き主《あるじ》の鎖鎧と兜ただちに脱《ぬ》がせて進《しん》ずる
湖水凪ぐとも雲たれかかる水面なお魔物斃した血潮で赤い
その場を離れ一同去った
晴ればれとして踏み分け道ゆき勝手知る道広き道(93)行《ゆ》く
豪胆なこと王に劣らぬ戦士たち湖《うみ》に切り立つ崖の上から頭《こうべ》を運ぶ
一同のうち何人《なんぴと》であれ剛勇の武人二人の手に余るもの
四人がかりで槍の柄にさげ黄金《こがね》の館へグレンデルの首級を運ぶ
ややあって戦士らついに黄金《こがね》の館に
大胆不敵戦を好む十四人のイェーアト人《びと》が黄金《こがね》の広間に
隊を率いるベーオウルフは戦士に囲まれ誇らしく

る」とは、このことをいう。

(93) **広き道**　原詩は、「地面」と「道」を意味する二語をつないで一語とする。「地面である道」とは、山中から出て踏み分け道でない通常の道を行くことを指すのであろう。「広き道」とした。

蜜酒[94]の館の庭の草地踏む
為《な》すことは大胆不敵誉れを誇り恐れを知らぬ丈夫《ますらお》は
フロースガールに挨拶すべく館のうちに歩《あゆ》み入り
グレンデルの首をとり髪の毛つかみ床に置く
人々が今酒を酌《く》むその床に
身の毛もよだつこの首が貴人たち居並ぶ前に
座を共にした王妃の前に
まさしく見物《みもの》　人々の視線釘づけ

(94) **蜜酒**…　原詩は、「蜜酒」を意味する語と「野原、平原」の意味の語をつないで一語とする。蜜酒の館を取り巻く敷地と解する。

第二十四節

エッジセーオウの息ベーオウルフはいい給う
「さてそこでヘアルフデネのご子息よ
シュルディング人《びと》の総帥陛下
今ここにご覧の戦利品
勝利おさめた証《あかし》とて喜び勇みわれらがここに持ち来たるもの
水中の戦い終えてなお生あるは
容易に為《な》せる業にはあらず
この戦熾烈《しれつ》きわめた
神のご加護のなかりせば
戦闘はたちまちにして終わりしことでありましょう

[95]フルンティングは名刀なれど
その剣にてはそれがしはこの戦いで何もなしえず
だがその時に人々を支配する神
年経《としへ》た見事な大剣《たいけん》が壁にかかるを見させ給うた
その大剣をわが戦いの武器とする
神　味方なきそれがしを幾度《いくたび》となく導き給う
好機至るやそれがしは
魔窟守護する女魔物ら切り捨てた
魔物から血潮噴きだす
戦陣に見る血潮のうちでひときわ熱き血潮噴き出し
錵《にえ》浮く刃《やいば》燃え尽きた
この仇敵の魔窟から大剣の柄《つか》持ち帰る
デネ人《びと》殺《あや》めた非道の行為《おこない》われ応分の報復とげた

(95) フルンティング　注84参照。

今から述べるわが言葉信じくだされ　ゆめ裏切らず
シュルディング人《びと》の大君《おおきみ》よ　殿はこの後《のち》牡鹿館で
一団のご家来衆と御《み》心《こころ》やすんじ安眠されん
家臣の方がた誰ひとり　邦民《くにたみ》もまた誰ひとり
百戦錬磨の戦士たち
さらにまた若き武人も誰ひとり
眠りに就いて憂う者なし
過ぎし日殿の御《み》胸《むね》覆ったご心配
戦士たち魔界のものの餌食になるとのご心配
もはやご無用」

金でつくった剣の柄《つか》　古き世の巨人の技が作りし柄が
齢重ねたかの英雄に

白髪《しらが》いただく武人の頭《かしら》　フロースガールの手に渡る
驚嘆すべき技もつ鍛冶たち　古《いにしえ》の世に仕上げた細工
邪鬼ども滅ぶその後《あと》にデネの君主の手に渡る
敵意あらわに牙鳴らすもの　神の敵
殺害の罪を犯したあの者が
母ともどもに世を去ったとき
デネ族がかつて開きしシェデの島にて
宝物《ほうもつ》を分かち与えし王者たち
二つの海に挟まれた
ここなる大地治め給いし王者たち
この世に王のあまたある中その中で
並ぶ者なきすぐれた君主
フロースガールに見事な柄が渡された

フロースガールは言葉かけ
往古より伝わる剣の柄を見つめた
柄には記す
古き時代の争いの事の起こりを
海原の怒涛押し寄せ巨人族水に滅びる
この種族大いなる苦しみ受けた
この種族永久《とこしえ》の主に縁なき者ども
それゆえ神はこの者たちに
大波もって最後の報《むく》い与え給うた
その時のこと有りのまま
輝く金の柄頭《つかがしら》さらには鍔《つば》に刻《きざ》んだ文字が語り伝える
最高の鋼鉄《はがね》用いた鉄の剣
ひねり加えた柄をつけ

柄頭《つかがしら》には蛇の飾りを付けた剣
何人《なんびと》のため作りしが事の初めか語り伝える
柄に嵌《は》めた輝く金(96)のプレートに
(97)ルーンの文字を刻《きざ》んで告げる
賢明な王ヘアルフデネの御子《みこ》はその時口開き
皆《みな》は静まる
「さあ皆の者聞くがよい
民偽らず正義行い
この国守り齢《よわい》をかさね
遠き日のもろもろのこと
記憶にとどめる者は言い得る
この貴人生まれながらに
人の及ばぬ資質備えていたのだと

(96) **金**　意味の明確でない単語が用いられている。レンとボルトン (C. L. Wrenn and W. F. Bolton, eds. 1996^{5}、「語彙解説」) にもとづく。

(97) **ルーンの文字**　ゲルマン民族が、ローマ字採用以前に使用していた文字のこと。原詩には「ルーン文字」とある。

そなた　わが友ベーオウルフよ
そなたの名前遠き方いたるところに
ありとあらゆる部族の上に輝きわたる
そこもとはその名声を裏切らぬ
腕力にても分別にても
少し前われら二人で約束交わしたそのとおり
そなたと余　二人の絆《きずな》切れることない
そこもとはこの先長く邦民《くにたみ》に安心与え
必ずや戦士らにとり頼みの綱となられよう
デネの王ヘレモード
そなたのごとき人ならず
エッジウェラなる王につながる
栄誉あるシュルディングの民デネ人《びと》にとり頼もしき王とはならず

長じてのちに民の喜ぶものとはならず
デネ人《びと》殺《あや》め破滅に導く
食卓をともに囲んだ家臣らを
戦陣[98]で肩を並べた親しき友を
怒りにまかせ死にいたらしむ
やがてこの悪名高き君王は
人の得る喜び奪われ独りさすらう身となり果てる
大いなる神この王に腕の力を授けられ
力を振るう喜びを万人凌ぐものとなされる
だが王は神[99]から幸を授かりながら
心の中は血に飢えた想念つもり膨《ふく》らんで
デネ人《びと》に輪環与え名の誉れ得ようとはせず
楽しさ知らぬ生送り人と争い痛手受け痛苦に悩む
これまさに長きに渡る民の苦しみ
ベーオウルフよ

(98) **戦陣** 原詩は、「肩」を意味する語と「仲間」を意味する語をつないで一語とする。原詩に「戦陣」にあたる表現はないけれど、前行の「食卓」に対比させて「戦陣」とした。

(99) **神から…** チカリング (Howell D. Chickering, Jr, trans. 1977, p. 149) による。

そなたはこれを他山の石とし徳を積まれよ
今へレモードのこと話したは年功積んだ分別による
大いなる神寛《ひろ》き心で人間族に知恵と住処《すみか》と高貴な身分頒《わか》ち授ける
その様語るは素晴らしきこと
神万物を支配し給う
時として名ある部族のある者に思いのままにさせ給う
故国においてその者にこの世の喜び与えられ
邦民暮らす都を授け統治ゆだねる
あちらこちらの地域の支配任せられ
広き王国その者に従うものとさせ給う
あげくの果てにその者は愚かなるゆえ
物事に終わりあること思い至らず
何不自由なく日を送り妨げるもの何もない
病《やまい》を知らず老いるを知らず
悪しき心も悲しみもなく

いずれの地にも敵意なく刃[100]まじえる憎悪を知らず
全世界思うがままに
事態の悪化気づくことなく」

第二十五節　（フロースガール王のことばは続く）

「やがて心におごりが芽生え振舞い傲然
魂守る心の衛士《えじ》は深き眠りの中にある
その眠り苦悩に閉ざされ覚《さ》めるを知らず
一人の刺客間近に忍び
呪わしき悪霊の怪しげな教唆に従い

(100) **刃まじえる**　原詩は、「刀」と「憎悪」を組み合わせて一語としたものを用いる。「戦争」の意味。

邪《よこしま》な思いをもって矢を放つ
兜の下なる胸元(101)をこの矢が射ぬく
驕れるこの者己を守るすべ知らず
長きにわたり手中にあって思いのままにしたものも
まだまだ不足と心に映る
いらだつ心中欲深さ増し
黄金《こがね》で覆う輪環を
誇らしげなる面持ちもって家臣に与えること拒《こば》み
栄光をつかさどる神に授かる栄誉を忘れ
行く末のこと思慮の外《そと》
やがてそのうち現身《うつしみ》は朽ち運命《さだめ》のままに消え失《う》せる
この者の跡継ぐ者は　宝の目減り恐れをせずに
英雄がかつて手にした年経《としへ》た宝　物惜しみせず臣下に頒《わか》つ
親しき友ベーオウルフよ　誰にも負けず優れた人よ

(101) **胸元**　「心臓」を感情・想念の座とする今日の考えの起源は、古期英語にさかのぼるものと思われる。あるいは、もっと古かったのかも分からない。ちなみに、今日「心」(マインド mind)は、知力の座である。当時、心臓という臓器にはっきりと意識が及んでいたかどうかは分からないが、邪心をもって胸を射抜くことにより、悪しき感情・想念が植え付けられるということなのであろう。

心して破滅もたらす邪心退《しりぞ》け
選ぶべしそなたの為になることを　永久《とこしえ》の恵みとぞなる恩寵を
心に驕り呼ぶでない
人に知られた戦の英雄　今一時《いっとき》はそなたの力に栄光宿る
やがていつかは病《やまい》か刃《やいば》が
あるはまた包む猛炎　寄せ来る水が
攻めよす剣が　飛び来る槍が
空恐ろしき老齢が　そなたの力奪うであろう
目の輝き薄れ眼光の鈍る日も来る
優れた戦士よ　死の闇が突然そなたを打ち負かす

さてそこで(102)六月《むつき》が百を数える間
余は天《あめ》の下鎖鎧で世に知れたデネ人《びと》治め

(102) 注86参照。

いたる所であまた部族と争って
彼ら敵から　槍と剣から　わが邦民《くにたみ》を守りぬく
それ故にこの大空の広がりのもと余に敵するものあるとは思わず
さするときわが領内で事態一変　喜びは失せ塗炭の苦しみ
古き敵　グレンデル余の侵略者となるときのこと
その時以来かの迫害者余の心日夜苛《さいな》み
余は大いなる苦悶のうちに日々過ごす
それ故に余は天なる神に　永久《とこしえ》の主に
グレンデルの血に染む首級この目で見るを謝さねばならぬ
類まれなる武勲の武人　席につかれよ
宴《うたげ》の喜び味わうがよい
朝が来るときそこもとと数多《あまた》の財宝分かちあうべし」

イェーアト人《びと》の武人はすかさず
心弾《はず》ませ怜悧な王の命じたとおり
席を求めて歩みゆく
広間に座した勇名はせる勇士らのため改めて
以前と同じ見事な酒宴準備ととのう
(103)ほどなく夜《よる》の帳《とばり》おり戦士ら闇に包まれる
練達の戦士一同立ち上がる
齢《よわい》重ねたシュルディング人《びと》
白きもの頭髪《かしら》に混《ま》ざる王はその時床に就くこと望まれる
令名高き楯もつ戦士イェーアト人《びと》も休息切望
ただちに侍従　魔物退治の冒険に疲れた武人
遠来の客を案内《あない》し寝所《しんじょ》に導く
侍従は礼節わきまえて海渡り来た戦士らに

(103) **ほどなく**　原詩には「ほどなく」に相当する語はなく、表現がつながりを欠いている。テキストの中にはダッシュを入れて時間の経過を示すものもある。

その日無くてはならぬもの不足ないよう整えた

広量な王床に就き黄金《こがね》で飾る広き館は高くそびえる
客人《まろうど》は 館内《やかたうち》にて眠りに落ちた
ひと時が過ぎ黒々とした明け 鴉《がらす》 朗らかに天の喜びその時告げる
夜《よる》の影消え輝く光現れる
高貴な勇士かの戦士たち
同胞《はらから》のもと立ち帰りたき思いに駆られ
船旅思い心が逸《はや》る
この国を訪ね参った豪胆の人ベーオウルフが
望むのは遥かかなたの舫《もや》い船求め行《ゆ》くこと
勇士はそこでフルンティングを持ち来させ

エッジラーフの息ウンフェルスに
貴重なる鋼鉄《はがね》の 刃《やいば》受け取らす
借用の礼述べた上借り受けし戦場の友
戦に強き優れた剣との印象を述べ
刃《やいば》を非難することば 一言たりと口にせず
心気高き人である
戦士たち旅立ちに心逸《はや》って武具甲冑に身を固め
デネ人《びと》にとり 貴《とうと》き王子戦場で恐れを知らぬ 丈夫《ますらお》は
フロースガールの座する玉座に歩み寄り挨拶交わす

第二十六節

エッジセーオウの御子《みこ》ベーオウルフはいい給う
「遠き方より海原渡り参りしわれら
ここに至ってヒイェラークのもと帰還を望む
この地において申し分ないおもてなし受け
デネの王より歓待の栄を賜る　そこでそれがし
人びと統《す》べる王に言上つかまつる
この世にあってこの後《のち》にいくばくなりと
それがしの戦う業で
今までのものに勝《まさ》って殿の親愛深めることのあるならば
それがし即刻馳《は》せ参じましょう

殿に憎しみ抱く者かつて時折したように
近隣に住む者たちが容赦なく殿に脅しをかけるとのこと
溢れる水の広がるところ海原越えてそれがし耳にするならば
数千人の家来引き連れ戦士らを援助するため罷《まか》り越す
イェーアトの王ヒイェラーク　邦民を保護する君は
歳《とし》若けれど言葉と行為でそれがし支え
加勢する手を殿必要とされるとき
槍の森なす一隊を殿の援助に連れゆかせ
殿に対してそれがしに敬意十分払わせること
怠らぬ人であるのをそれがしは知る
殿の御子《みこ》フレースリーチが
殿の意をうけイェーアト人《びと》の宮廷をお訪ねあるなら
若君はそこで多くの友垣を得られることになりましょう

遠《とお》つ国々　秀でたる人お訪ねあらば
殿下にとって利益あること」

フロースガール王応《こた》えて述べる
「今のことばは英邁《えいまい》な主《しゅ》がそなたの心に送られたもの
これほど思慮に富むことば
そなたのような若者が語るを聞いた覚えない
そなたは力強大にして理知に富み語ることばは思慮深い
余は思うフレーゼル先王の息
そなたの主君　邦民《くにたみ》を守護する君主　ヒイェラーク王
槍を受け剣を受け死力を尽くす激戦に
あるは病《やまい》に斃れるならば
そしてそなたに命あるなら

海原渡るイェーアトの民　王に選ぶはそなたのみ
一族の郷土《くに》そなたに守る意思あれば
英雄たちの宝の守護者に選ぶ仁《じん》そなたに勝る者はない
親しき友ベーオウルフよ
そなたのことを知るにつれ
余はますますそなたに心ひかれる
われらの和平そなたはもたらす
そなたはなした見事な働き
二つの部族イェーアト人《びと》と槍のデネ人《びと》
平和共にし敵意の行為争いが止む
これまで耐えた敵意の行為影をひそめた
この広き王国余の支配下にある限り財宝互いに分かち合う
多くの者が贈り物もち

(104)カツオドリの水浴びる沢海原渡り
互いに敬意示すであろう
輪型のへさきもつ船が海原越えて贈り物　友好の印届ける
わが邦民が敵味方いずれの者に対しても
何事につけ粗相なく古きしきたり伝わるとおり
ゆるがぬ態度で臨むこと余は疑わず」
かく述べたあと戦士らを保護する武人
ヘアルフデネ先王の息フロースガールは
十二品《しな》の宝物を広間の中でベーオウルフの手に渡し
贈り物もち邦人《くにびと》のもと無事たち帰り
その上でなおもう一度われらがもとを速やかに
訪ね来られるべしという
シュルディング人統《びとす》べる王　血筋貴《とうと》きこの人は

(104) **カツオドリ**　原詩は「カツオドリの浴場」(海のケニング)。

類まれなる武人に口づけ首かき抱く
頭《こうべ》に白きもの混ざる君王の目に涙あふれる
年老いた英明な王心中の思いは二つ
片方は格別強く心に響く
われら二人の相見《まみ》えること
勇者と勇者のこの出会いこれが最後と王には見える
王にとってはベーオウルフが愛《いと》おしく
湧き立つ思い抑え得ず
親しき人にひそかに寄せる
胸の思いはしっかりと勇者の心につながれて
血潮の中で燃え上がる
贈られた黄金《こがね》を誇る戦人《いくさびと》ベーオウルフは宝物《ほうもつ》喜び
意気揚々《ようよう》と王のもと辞し

草生《む》す大地を踏みしめ歩む
海行《ゆ》く船は錨を下ろし船主《ふなぬし》を待つ
フロースガールの贈り物
海原渡る帰国の途上幾たびとなく賞賛受けた
贈り主何事につけ落ち度なく類い稀なる王だった
だがやがて　近づく老《お》いが力を揮《ふる》う喜び奪う
今までに多くの者の体弱めたあの老いが

第二十七節

剛勇の武人たち　若武者たちの一隊が

鉄の鎖をつないで編《あ》んだ鎖鎧に身を包み
波頭《なみがしら》砕ける浜に進み来た
到着の日にした如く沿岸の警備受けもつかの武人
戦士たちの帰国の姿目に留める
客人《まろうど》たちにこの度は崖の上から侮蔑のまなざし向けはせず
出迎えのため馬を走らせ
ウェデルの人々イェーアトの武人に対し口開きいう
「きらめく甲冑身にまとわれた戦士たち
王の歓待受けられし方
貴殿らは船に向かって進まれよ」
舳《へさき》が環を巻く大船《おおぶね》は浜辺にあって船荷《ふなに》積む
フロースガールの秘蔵の宝　武具甲冑に馬と宝を
宝の上に高だかと帆柱が立つ

船の見張りを勤めたものに
ベーオウルフは金の帯まく剣を授ける
伝来の家の宝の宝剣を授けたにより後《のち》の日に
蜜酒の宴《うたげ》の席で勇者の誉れさらに高まる
船は行《ゆ》く　岸辺を離れ深き水かき分けながら進み行《ゆ》く
戦士たち今デネ人《びと》の郷土《くに》を去る
海の衣《きぬ》　帆が帆柱に結《ゆ》わえられ
[105]海ゆく木　船がきしんだ
波の上吹き渡る風船の進路を妨げず
海ゆく船は水面を進む
船首泡立て波頭《なみがしら》こえ舳《へさき》に綱巻き
帆の向き変える綱を巻き潮《うしお》の流れ乗りこえ進む
そのうちにイェーアトの崖見知った岬目《ま》のあたり見る

(105) **海ゆく木**　原詩は、「海」を意味する語と「材木」をつないで一語とし、「船」を表す。ケニングの一つ。なお、ケニングについては、注4を参照。

風に押されて船進み陸(106)に乗り上げ浜辺に止まる

船着場見張る武人は遅れず渚に出《い》でて立つ
この武人親しき人々勇士らの姿求めて
潮《うしお》の向こう遥か彼方に目を凝《こ》らしたのは幾日か
見栄《みば》えよき船　この木船《きぶね》　波の力に攫《さら》われることないように
船幅《ふなはば》広きこの船を見張りの武人は錨綱《いかりづな》にてしっかりと浜辺に止めた
ベーオウルフは部下に命じる
貴人たち所持した宝・飾りほどこす武具と甲冑・金の板陸揚げせよと
フレーゼル先王の息　財宝分ち給う君ヒイェラーク王
この王を訪《と》う道のりは何ほどもない
海に臨む岩壁《いわかべ》近く館《やかた》を構え
自《みずか》らは家臣たちと居をともにする

(106) **陸**　この行、原詩では「陸に立った」とあるのみ。

王の館は偉容を誇り
雄々しき王は広間にあって高き玉座に
后《きさき》のヒュイド　ヘレス(107)の娘
砦の住まい短けれどもいと若く聡明にして教養高く
恬淡《てんたん》に出来物惜しみせず貴き財宝イェーアト人《びと》に分ち与える
(108)モードスリューゾ邦民《くにたみ》には秀でた女王
だがかつてはこの人その心中に恐ろしき罪業《ざいごう》秘める
この女性《にょしょう》の側《そば》にいるもので
恋人除き昼の光でこの人を見つめる勇気ある者はなし
寵臣《ちょうしん》であってもできぬ
見つめたものは縄目受け締め上げ(109)られて
逃れえぬ運命《さだめ》が己を待つと知る
逮捕のあとは時をうつさず剣が物言う
事の決着金銀の象嵌ほどこす剣による

(107) **ヘレス**　ここでヒイェラークの義父と知る以外に情報はない。

(108) **モードスリューゾ**　アングル族の王オッファの后。なお、アングル族というのはゲルマン民族の一部族。

(109) **締め上げ**　原詩にある単語は、「手」を意味する語と「ねじる、縛る」などの意味をもつ語を組み合わせたもの。多くの現代語

その者は[110]非道なる死を免れず
見目麗しき人とはいえどかかる行いなすことは
女王としてふさわしからず
貴き女人《にょにん》にあるまじきこと
和平を紡《つむ》ぐ女性《にょしょう》たる者
侮辱うけたと邪推して
親愛の情抱くべき家臣の命奪うなどあってはならぬ
だがまこと[111]ヘンミングの血縁の者その罪業を諫めとどめる
[112]エールの酒宴に興ずるものたち
その者たちの言葉によれば
モードスリューゾ黄金《こがね》で飾り
血筋貴き若き戦士の奥方となる
以来この方敵意の行為　家臣に働く乱行は影を潜《ひそ》める
父王の指示に従い[113]暗き海こえ旅をして
[114]オッファ王の館に行《ゆ》きしとき以来

訳や編集されたテキスト巻末の語彙解説は、「ねじる」のほうをとって、「手で編んだ」の意味とするが、手で縄をなうのはあまりにも当然のことであって、「手」を表す語を組み合わせる意味はない。ここは、ヒーニー（Seamus Heaney, trans. 1999, p. 62）同様、「縛る」ほうをとった。

（110）**非道なる**　原詩の語は、「死」と「悪意、悪行」を組み合わせたもの。「死、すなわち悪行」と読み、このような訳にした。

（111）**ヘンミング**　アングル族の人。

（112）**エール**　ビールの一種。

オッファ王のもとにいて玉座にあって徳高きこと世に知られ
運命《うんめい》の定める生を心正しく楽しみ送る
この詩人《うたびと》の聞き知るところ
二つの海に挟まれた果てしなき大地に住まう人間族のすべての中で
並ぶ者なきすぐれた君主
英雄たちを統《す》べる王　オッファに対し大いなる愛をささげる
オッファ王　槍とって豪胆の人　財宝分ち戦に強く
王国の中いずれの地でも人々王を尊び敬う
王知力をもって国を治めた
ヘンミングの血縁になるエーオメール(115)
戦に強きガールムンド(116)その人の孫
オッファから生を受け　後《のち》戦士ら援《たす》ける者となる

(113) **暗き**　原詩の単語に対して辞書が与える意味は、「黄色の、淡黄色の、黄褐色の、灰色の、灰褐色の、薄暗い、黒ずんだ、暗い」と様々である。現代語訳もいろいろな形容詞を用いる。ここは、北欧の海ということを考慮し（北海の眺めから推測して）、王女の乱行のメタファーとしての意味を持たせ、「暗き」とした。

(114) **オッファ王**　ガールムンドの息子。後にアングル族の王になる。注108モードスリューゾ参照。

(115) **エーオメール**　オッファの息子。

(116) **ガールムンド**　オッ

第二十八節

勇者は進む砂浜を
渚《なぎさ》近くの真砂踏み
手勢引き連れ広き浜辺を
この世を照らす蝋燭《ともしび》が
先を急いで昇りつつ南の空で光を放つ
勇士たち航海を終え足の運びに威厳を見せて砦に向かう
[117]オンイェンセーオウ斃した勇士　戦士らを保護する武人
若くして英明な人戦陣駆ける勇猛な王ヒイェラークが
輪環下し賜ると聞く砦に向かう
戦士の守護者楯もつ友が戦いに手傷受けずに

ファの父。

(117) **オンイェンセーオウ**　イェーアト族の王ヒイェラークがオンイェンセーオウ王を斃したというのは史実とは異なる。後になって

無事な姿で宮殿に
屋敷のうちへ歩み来るとのベーオウルフ帰還の報《しら》せが
直ちに王の耳に伝わる
王のみもとに参上すべく浜辺をあとに歩《あゆ》み来た一行のため
王命ずるままに速やかに広間の仕度整った

戦より無事帰還したかの武人慈愛深き主君に対し
力のこもる言葉もち礼式どおり挨拶述べたその後《あと》は
身内と身内王の御前《みまえ》に相対し座す
(118)ヘレスの娘蜜酒の杯手にし広間を巡る
家臣に抱く情《じょう》深く
強き酒酌《く》む杯を戦士たちの手に運ぶ
ヒイェラーク　高くそびえる館の広間で

別人の手柄を王のものとして伝承したものと思われる。スウォントン (Michael Swanton 1997, p. 200) 参照。オンイェンセーオウはスウェーオン族（今日のスウェーデン人）の王。

(118) **ヘレス**　ヒイェラークの義父。

好奇の心抑えきれずに
海原渡るイェーアト人《びと》の旅の仔細を丁重に友に尋ねる
「親しき友べーオウルフよ
遠き方《かた》塩含む水のかなたに戦を求め
牡鹿館の戦いに突如赴くことにした
その時の旅　模様は如何《いか》に
名高き君主フロースガールの
広く知られたあの苦難多少なりとも取り除いたか
余はそのことに思い馳《は》せると
危惧の念心に芽生え後悔が怒涛《どとう》のごとく胸にあふれた
親愛なるそこもとの遠征の首尾不安であった
余はかねてよりそなたに乞うた
グレンデルには何としても近づかず

殺戮を事とする鬼との争い
決着つけるは南デネ人《びと》自らの手に任《まか》せろと
そなたの無事を目《ま》の当り目にし得たこと神に謝す」

エッジセーオウの御子《みこ》ベーオウルフはいい給う
「わが主君ヒイェラーク王
あの壮絶な果し合い多くの人の知るところ
勝ち戦の民シュルディング人《びと》
その人々の幾多《いくた》の者にかのグレンデル悲しみ与え
絶え間なく災い与えたあの場所で
それがしとグレンデルとの闘いの
いかような時がわれらに過ぎたのか数多《あまた》の人の知るところ
シュルディング人《びと》の受けた災い何もかもそれがし見事仇《かたき》を取った

それ故にグレンデルの一族のこの世に住まう何者であれ
忌まわしきかの一族で最高の長寿得た罪にまみれた者だとて
暁のあの激闘に自慢の大口きくいわれなし
それがしは先ずフロースガールに挨拶すべく
輪環下賜する館に向かう
ヘアルフデネ先王の名高き御子《みこ》は
わが目的を知り給うなりそれがしに王子の側《そば》の席をくださる
宴《うたげ》の席でその場に座した者たちは喜びに沸き
大空の弓形となる天井のもと
広間に座して蜜酒を酌む楽しさの
あの日の宴に勝るものそれがしは二度と目にせず
部族をつなぐ平和の絆《きずな》　令名高き王妃は時おり
広間の中を隈《くま》なく巡り若者たちに酒《さけ》や肴《さかな》を勧めてまわる

王妃はしばしば　再び御座《ぎょざ》に座す前に誰彼となく腕輪を授け
フロースガール王の姫君折をみて
老練の家臣の前に　隅ずみに座す貴人のもとへ
エールの杯次から次へと持ち運ぶ
飾り鋲打つ杯が姫の手で英雄たちの手に渡るとき
広間に座した人々は姫のことフレーアワルと呼んでいた
年《とし》若く黄金《こがね》で飾ったフレーアワル姫
[119]フローダ王の子息すなわち
情けに厚き[120]インイェルドと婚約かわす
シュルディング王国守るフロースガール　一族の王思うには
デネ族と[121]ヘアゾベアルド二つの部族
互いに抱く不倶戴天の宿怨を　相見《まみ》え刃《やいば》交える合戦を
姫により収束させるは見事なる策
だがしかし花嫁おわすはよきことなれど

(119) **フローダ**　ヘアゾベアルド族の王。
(120) **インイェルド**　フローダ王の息子。
(121) **ヘアゾベアルド**　ゲルマン民族の一部族。

部族の統治者戦場に斃れたあとで
殺戮の槍一時《いっとき》なりと休むのは稀れ
いずれの地でも事態は変わらぬ

ヘアゾベアルド一族を治める人が姫を伴い広間に入り
婚儀で姫に付き添ったデネの貴族が盛大に[122]
もてなし受けるを目にするときに不快の思い抱かぬはない
家臣も然《しか》り　邦民にしてまた然り
ヘアゾベアルド一族の宝の剣が
硬く仕上げて輪飾りつけた父祖伝来の名剣が
今デネ人《びと》の腰に輝くそのために
ヘアゾベアルド一族の戦士その武器揮《ふる》うことかなう間は
ヘアゾベアルド王家の家宝であったのに」

(122) **盛大に**　原詩では、「従者たち」とも取れる語が使われていて解釈の分かれるところであるが、カナダのトロント大学で編集中の『古期英語辞典』には、「盛大に」と副詞にとる読みの可能なことが示されている。

第二十九節　（ベーオウルフのことばは続く）

「ヘアゾベアルド一族の父祖伝来の宝なる剣
一族の手にあったのは
王と親族自らが　あるはまた寵臣が
楯音《たておと》響く戦いに散るまでのこと
そのとき剣を飾る輪に一人の者が目をとめる
敵兵の槍に斃れた味方の死何一つ残すことなく思い出す
槍使う一人の老兵暗然として刺《とげ》あることばで
ビールの杯乾《ほ》しながらいう
鬱々《うつうつ》として心の曇り晴れぬまま
心中の思いを伝え若き戦士の心試して
戦の災い生む心目覚めさせんと口を開いてかく語る

『わが友よ　あの剣はお分かりか
貴殿の父君《ちちぎみ》最後の陣で兜かぶって携えられた貴き鋼鉄《はがね》はお分かりか
デネ族の者　雄々しき勇士シュルディング人《びと》　貴殿の父君剣で葬り
(123)殺戮の刃《やいば》まじえた戦陣支配　英雄たちが花と散り
あとに残れる(124)ウィゼルユルドが斃れたときのことである
殺戮の刃《やいば》ふるった戦士の中の誰かの子息
奪いし剣に意気揚々と今ここに広間に入り
われらの戦士討ち取ったこと誇らしげに口にする
本来ならば貴殿の所有に帰すはずの至上の宝《たから》身につけて』
この通り心の痛み誘うことばで
事あるごとに若き武人《もののふ》そそのかし追憶に武人《ぶじん》誘《いざな》う
やがて憂える時来《きた》る
かの女性《にょしょう》の従士父親の行《おこな》いを口実にされ刃《やいば》にかかり命失い
血潮にまみれ熟睡《うまい》の床に
もう一人の者地理に明るく生き延びてかの地逃れる

(123) **殺戮の…戦陣**　原詩は、「殺戮」を意味する語と「場所」を意味する語をつないで一語とし、「戦場」の意とする。

(124) **ウィゼルユルド**　ヘアゾベアルド族の兵士。

かくなればいずれの側も貴人同士の誓約破る
ここに至ってインイェルド激しき憎悪胸に湧き
無念の思い若き君主の胸中去来
后によせる愛は冷《さ》めゆく
それ故にヘアゾベアルド　デネに対して述べた誓約・約した同盟
誠の心あるものとそれがし思わず
友好の気持ち固しとそれがし思わず

さて御前《ごぜん》　宝物《ほうもつ》分ち給う君
戦士と戦士の取っ組み合いの後《あと》の模様を
よくよくお知り頂くために
グレンデルのことにつきさらにお話し申すべし
天の宝玉　地面を滑り下に降《お》り姿没したそのあとで
怒《いか》り狂える(125)魂魄《こんぱく》現れ

(125) **魂魄**　原詩の「魂魄」

われら未《ま》だ手傷おわずに広間を見張るその場所へ
夜中の徘徊事とする身の毛もよだつ鬼となり
われらを求め襲い来る
命運つきたホンドシオーホ(126)は戦い挑まれ惨死の定め免れず
剣を帯びたるこの戦士誰より先に死出《しで》の旅路に
名だたる若きこの家臣グレンデルその牙もって噛み砕き
人々が親愛の情よせた戦士の体
かけら残さずすべて呑み込む
牙朱《あけ》に染め暴虐の意図心に抱く殺人鬼
獲物手にせず黄金《こがね》の広間立ち去るつもり露ほどもない
剛力もって聞こえる鬼はそれがしに矛先を向け
まずは試しに襲い来る　手のひら広げ掴みかかった
この魔物奇怪なる巨大な手袋巧みな技で堅く結《ゆ》わえてぶら下げる

を意味する語は、「来客」を意味する語と同音。

(126) **ホンドシオーホ**　イェーアト族の兵士。

竜の皮にて作られた魔法の技を駆使した代物
まこと見事な出来ばえの品
悪行《あくぎょう》をなす不敵な鬼は人もあろうに罪科《つみとが》のないそれがしを
手袋の中押し込まんとし
それがしは怒りに燃えて立ち上がるそれ故魔物思い果たせず」

第三十節（ベーオウルフのことばは続く）

「人に害なすかの鬼に
彼奴《かやつ》がなした悪行《あくぎょう》の一つ一つに
それがしいかに報いたか語るとなれば終わるを知らず

だがわが君よ
それがし殿の邦民《くにたみ》の誉れ高めた
かの地においてかの魔物　己《おの》が自身の働きにより
災禍を逃れ一時《いっとき》ばかり生きる喜び味わいはした
だがしかし逃げゆくあとに利き腕残す
手を牡鹿館に残して去った
心は晴れず悲嘆にくれる
惨めな思いに打ちひしがれて湖水の底へ落ちてゆく

朝になり宴の席に座したとき
シュルディング族支配する王
死闘を讃えそれがしに金箔はった宝物《ほうもつ》賜《たま》う
それがしにとり多大の報い

宴の席に歌声響き歓びの声は高まる
様々のこと聞き知り給う齢《よわい》かさねたシュルディングの王
遠き昔のこと語り
また時として戦場の雄　歓びの木なる竪琴《たてごと》爪弾《つまび》かれ
楽しき音色響かせる
時にまた物語り歌朗詠《うた》われて
悲しき実《まこと》の物語り語り聞かせる
おおらかな王　韻律正しく
ある時は不思議な話し物語る
ある時はまた年老いたこの戦人《いくさびと》
老齢に体の自由縛られて若き力が失《う》せたこと
戦う力が失せたこと嘆き悲しむ
年功積んで知ったこと様々なこと思い出すとき

胸奥《むなおく》は熱きもの湧きこみ上げる

かくしてわれら日がな一日
夜《よる》のとばりが降りるまで宴の席で楽しみ過ごす
時を移さずこの度は
グレンデルの母親が
息子の負傷に復讐せんと身支度整え
悲嘆にくれて館に向かう
だがその時すでに魔物の息子
戦い招くウェデルの民の憎しみが
死の道づれに連れ去っていた
恐ろしき女の魔物
恐れ気もなく戦士を殺害己《おの》が息子の仇《かたき》をとった

知力優れた老顧問官アッシュヘレの体から命が去った
デネ人《びと》たちはアッシュヘレの亡骸《なきがら》を
朝になり炎に包み焼くことできず
親愛の情抱いた人の亡骸《なきがら》を葬送の薪《たきぎ》の上に置くすべもなし
かの魔物　遺体を抱え山のせせらぎ流れる下へ連れ去っていた
フロースガール王にとり胸刺す悲傷《ひしょう》
長の年月《としつき》かほどの悲しみ王知らず
断腸の思いを胸に王それがしに是非にと乞われた
王の願いは
水立ち騒ぐ湖にそれがし参り
光輝あふれる働きをなし
命をかけて栄《は》えある行い為《な》し遂げること
王は褒賞約束された

そこでそれがし遍《あまね》く人の知る通り
波立《なみだ》つ水の深き湖底を支配する
鬼気迫る身の毛がよだつ首魁《しゅかい》見いだす
首魁とそれがし素手と素手
暫《しば》しのあいだ竜虎相うち
水は手傷の血のりで滾《たぎ》る
われらが争う場となった岩屋においてそれがしは
グレンデルの母親の首大剣揮《ふる》い切り落とす
わが命体の中にとどめたままで
それがしからくもその場逃れる
未《いま》だ死すべき定めにあらず
戦士らを保護する武人
ヘアルフデネ先王の御子《みこ》フロースガールは

この時もまたそれがしに
あまたの財宝下賜される」

第三十一節（ベーオウルフのことばは続く）

「デネ人《びと》の王フロースガール
この通りしきたり守り日々を過ごした
それがしの武勇に報いる恩賞はどれ一つとして不足なし
ヘアルフデネの息なる王は
それがしの望みのままに貴き品々与え給うた
高貴な王よ　殿の御許《みもと》にその恩賞の品々を

ただ今すぐに運び込むべし
わが心の充足いつの日もすべて御前《ごぜん》の庇護の賜物
かの恩賞の品々は喜んで殿に献上つかまつる
ヒイェラーク王
わが(127)親族の長《おさ》となる方殿を措《お》いて他にない」

ベーオウルフはその時命じた
以下の品々運び込むこと
(128)頭頂かざる猪の像
戦陣で峙《そばだ》つ兜
時を経て鈍色《にびいろ》となる鎖の鎧
戦の時に武人《もののふ》手にした見事なる剣
その上さらにベーオウルフはことば継ぎいう

(127) **親族の長**　原詩にある単語は、「親族」を意味する語に「頭（あたま）」の意味の語をつけて一語としたもの。「近しい縁者」と読むのが多いようであるが、拙訳はチカリング（Howell D. Chickering, Jr, trans. 1977, p. 174）の読みに従った。

(128) **頭頂…**　「原詩では「猪」「頭」「標識」を意味する三語が続く。通常は、

「ここにある戦衣《いくさごろも》はそれがしが
英明な王フロースガールに授かりしもの
王はその時ことば添え
下賜された品いかなるものか
初めに殿に言上せよと指示された
王の宣《のたま》うところによれば
戦衣は長きにわたり
シュルディングの王
ヘオロガール先王の手にあったもの
されど先王己《おの》が御子《みこ》雄々しきヘオロウェアルドに
譲りたいとは思い給わず
ヘオロウェアルド　忠義の人であったのに
この胴鎧《どうよろい》存分にお召しになられ役立てられよ」

「頭」と「標識」をつないで一語とするが、三語全部で一語とするテキストもある。いずれにせよ、「頭＋標識」を「軍旗」と解するのが一般的であるが、文字通り「頭の標識」ととって、兜の上につけた猪の像を指すものと解した。

この詩人《うたびと》の聞くところ
これらの宝に続くのは
いずれ劣らぬ四頭《しとう》の竜馬《りゅうめ》
足速き鹿毛
血縁の縁《えにし》もつ者為《な》すべきとおり
ベーオウルフは馬と宝をヒイェラーク王に献上
縁者に対し謀略の網編《あ》んで
誼《よしみ》結んだ縁者の死気づく者ない巧みさで
企《たくら》むなどはあるまじきこと
ヒイェラーク王の甥　ベーオウルフは
戦に強く王にとり忠誠心のあつい人
王と甥両者互いに相手のために善かれと願う
この詩人《うたびと》の聞くところ

高貴なるお方の息女
ウェアルフセーオウ王妃に賜る首飾り
輝き渡る玉つらね首もと飾る見事なる品
ベーオウルフはヒュイドに贈る
見事な鞍おき気品漂う三頭の馬ともどもに
ヒュイド王妃はこの贈り物受け取り己《おの》が首飾られる

戦陣に勇名を馳せ雄々しき働き人の知る
エッジセーオウの御子《みこ》ベーオウルフは
栄光を求めて振舞う
共に炉端を囲んだ友を酔ったあげくに刃《やいば》にかけることはない
心が荒れることもない
この勇士神に授かる豊かな才能

無双無敵の金剛力を失わず
だがイェーアト族の子供たち
この勇士優れた人と思わぬときあり
ウェデル族の王もまた
蜜酒の杯かわす宴の席で
大いなる褒賞受ける値打ち認めず
その時以来長きにわたり軽侮の念人々の心を去らず
惰眠のやつと蔑《さげす》まれ
柔弱な貴公子なりと侮《あなど》らる
だがやがて変化のときは訪れて
この人の日々光輝に満ちる
栄光の日があの一切の苦難に替わる

武勇の誉れ世人知る王
戦士らを保護する武人そこで命じる
金の装飾施した王家の宝
フレーゼル王の遺品の家宝の剣を持ち来ることを
イェーアトの地でその当時
剣の形をしたものでこの剣越えるものはない
王はその剣ベーオウルフの膝におく
その上で七千[129]ハイドの土地与え
屋敷を与え領主の地位を授け給うた
ヒイェラークとベーオウルフ
二人は共にイェーアトで国土を世襲
地所を受け継ぎ伝来の土地所有権受け継いでいた
二人のうちで片方は広き土地　王国継いだ

(129) **ハイド**　土地の面積の単位。1ハイドは自由民が、従者・下僕・召使なども含めて一家を養えるだけの広さとされていた。西暦一千年頃は約48万6千5百平方メートルを1ハイドとしていた。

その国で他の一人より地位高かりき

その後《ご》しばらく月日経て
戦乱の中ヒイェラーク王討たれ死す
ヘアルドレード　この王もまた刃《やいば》にかかり楯の陰に露と消ゆ
恐れを知らぬ戦人《いくさびと》　戦い好むシュルヴィングの戦士たち
勝ち戦の民イェーアトの戦士の中に
探し求めたヘアルドレード見出《いだ》して
ヘレリーチ公の甥御《おいご》なる人　この兵《もののふ》に
力にまかせ切ってかかった末のこと
ここに至ってイェーアトの広き王国
統治することベーオウルフの手に移る
五十度《いそたび》冬を数える間ベーオウルフ見事に統治

齢《よわい》かさねた英明な王老いてなおこの国守った
やがてそのうち[130]一匹の竜暗き夜な夜な辺《あた》りを支配
高みに聳《そび》える住処《すみか》にあって[f]高々と積む石塚守り
秘蔵の品の見張り務める
塚の麓に誰知る者ない一筋の径《みち》
とある者塚に押し入る
知らぬ部族の秘宝に近づき宝玉埋《う》めた酒杯手に取る
竜は眠りに落ちている
盗人《ぬすびと》の悪知恵竜を出し抜いた
眠る間《あいだ》の出来事ながら竜は立腹[131]恨みを晴らす
邦民《くにたみ》は　近くに住まう戦士らは
竜の怒りをやがて知る

(130) **一匹の竜**　イングランドの紀元一世紀から1145年までの出来事を記した『アングロサクソン年代記』というのがあるが、その793年のところに、悪事の前兆があった年で、竜が火を噴きながら空を飛ぶのが見えたとあって、竜の出現が史実扱いされている。竜は実在の生き物と思われていたようである。

(131) **恨み**　チカリング（Howell D. Chickering, Jr, trans. 1977, p. 181）に従う。

第三十二節

竜の面目潰した男　武人の息《そく》に仕える奴隷
この生き物の宝の蔵に押し入ったのは
己の意思によるのではない
必要に迫られたまで
つまるところは冷酷な鞭打ちを逃れんがため
己の科《とが》に苦しむ男
身を潜め得《う》る家もなくこの蔵の中忍び入る
入るや否《いな》や只《ただ》ならぬ恐怖の芽生え
よそ者は直ちに悟る
この哀れなる姿の者は(132)[……

(132) [……　写本の損傷が

…………］

［…………］

危険に出会うその時に高貴な酒杯持ち去った
遠き昔の貴き宝　地中の洞《ほら》に数知れず
これら宝物《ほうもつ》　高貴な一族所有していた巨万の遺産
思慮に富む遠き昔の何人《なんびと》か地中の洞《ほら》に隠したるもの
だが何もかも隠し果《おお》せるその前に
彼ら一族高貴な人々一人を残し死が連れ去った
百戦錬磨の戦士の一族
その中で最後に残るただ一人
友の死悼み一族守って
最後までここかしこ足を運んだ
その者は己自身に同じ定めを予期して思う

激しく判読できない箇所。

年月《としつき》かけて蓄えたこれらの宝物楽しめるのは須臾《しゅゆ》に過ぎぬと
折りも折　波砕け散る海原近く　岬に広がる平原に
すべて整う新たなる塚　人の容易に近づけぬよう
堅牢に築かれて立つ
輪環守護する最後の一人
宝庫に収める価値のあるこれら貴きあまたの宝
金箔張った宝物をこの塚内《つかうち》に運び入れ
口数惜《お》しみかく語る

「汝大地よ　貴き宝そちに委ねる
兵《つわもの》の手で所有すること最早叶わぬその故に
まことこれなる財宝は
武勇を誇る者たちが遠き昔に大地の中に見出《みいだ》したもの

余の民は戦場の死が　人の恐れる生死を分ける災いが
一人残らず連れ去った
今やこの世の生命《いのち》なく広間の愉悦見納めた
剣を預かる小姓はおらず
飾り施す杯を　高価な酒器を磨く磨き師またおらず
信頼寄せた家臣たち　あの者たちは彼岸へ逝った
金で飾った堅牢な兜もやがて黄金《こがね》の輝き失わん
面頬《めんぼお》磨く磨き師は眠りの床に
戦の最中《さなか》楯と楯とが打ち合う中で
鋼鉄《はがね》の剣を受けても耐えた戦衣《いくさごろも》も戦士の果てたのち朽ちる
鎖鎧も戦士とともに戦指揮する武人に従い
遠征の旅に出ることもはや叶わず
歓びの木の楽しき音《おと》はいま鳴らず

竪琴の音色楽しむ喜びは最早ない
雄々しき鷹も館のうちを飛び行《ゆ》かず
駿馬のひづめ宮殿にもはや響かず
暴虐なる死　数多《あまた》のものを黄泉《よみ》の世界へ追い放つ」

一族の者すべて亡きあと最後に残る一人の者は
寂々《せきせき》として胸中の悲しみ語り
気の晴れぬまま昼となく夜となく
やがて死が海原の波のごとくに心臓に寄せてくるまで
そこかしこ独り寂しく歩を運ぶ
それはそれとし
喜びで心を満たす一つの蔵《くら》が開かれたままなることを
たそがれ時《どき》に火を吹きながら惨禍もたらす劫経《ごうへ》たものが目にとめる

体幹に体毛がなく敵意あらわに曝《さら》け出す竜
火を吹きながら塚求め焔《ほむら》に包まれ夜な夜な空飛ぶ
人間は恐れおびえる
地中に埋《う》まる宝の探査　このものの性《さが》
年功積んだそのものは
己の利益いささかもなく見知らぬ種族の黄金《こがね》を見張る
人に害なすこの生き物は地中にあって
宝埋《うず》まる広大な蔵の一つを強大な力をもって見張ること
三百年《みもとせ》の長きに及ぶ
さてそこで
ここに至ってある男竜の怒りを買う仕儀となる
この者は主人《あるじ》のもとへ飾りほどこす酒杯もち行《ゆ》き
己の科《とが》の許しを請うた

まさにその頃宝の蔵が荒らされる
主人《あるじ》はこの時
人の手になる古代の細工初めて目にし
哀れなるかの男罰免れる

蛇身《じゃしん》のものは目を覚まし
かつてない戦い始まる
恐れを知らぬこの生き物は岩陰をすばやく動き
仇敵の足跡見つけた
気付く者ない巧みさで男は進む
思わず行《ゆ》き過ぎ竜の頭《こうべ》が目と鼻の先
神の恩寵受ける者　幸《さち》の去りゆく定めにはいまだ至らず
悲哀と悲惨免れることいと易し

秘蔵の宝見張る蛇身の生き物は
眠る間に苦痛与えたかの男
見つけんものと目を凝らし地面を探る
熱気を発し猛りたち
いく度《たび》となく塚を出《い》でここかしこ姿現す
荒れ野には人影はない
戦を思い戦い思い胸躍る
時折塚に立ち返り貴き杯手にせんとしてすぐさま気づく
黄金細工《こがねざいく》の見事な宝にある者が手を出したこと
宝の番人堪《こら》えに堪え夕暮れを待つ
塚守るこの生き物は怒りに燃えた
敵意あらわな塚守《も》りは高価な酒器をとられた恨み
焔《ほむら》用いて晴らしたい

蛇身《じゃしん》のものの望む通りに昼が過ぎ日は落ちた
塚内《つかうち》でじっと待つのは意に満たず
焔のしたく整えて火に身を包み塚を出る
邦民《くにたみ》にとり恐怖始まる
財宝分かつ王にあってはたちまち惨《むご》い幕となる

第三十三節

やがて魔物(133)は火を吹き始め壮麗な館々《やかたやかた》を焔《ほむら》に包む
火柱がたち邦民は恐れおののく
忌まわしき空飛ぶ魔物

(133) **魔物** 原詩では「よそ者」を意味する語が使われているが、音のよく似た「魂」を表す語にかけてあ

命あるもの何一つこの地に残すつもりなし
蛇身《じゃしん》のものが戦う姿
破壊非道の限りを尽くす生き物があらわに見せる敵意の心
イェーアト人《びと》を苦しめる危害迫害
遠くからまた近くから広きに渡り知れわたる
夜《よ》の明ける頃魔性の生き物この竜は
人に知られぬ己の棲《す》み処《か》　大いなる洞窟《どうくつ》めざし
真一文字に空飛び帰る
この地に住まう人びとを焔《ほむら》に包み火だるまとして
焼き滅ぼして飛び去った
塚と己の力と洞《ほら》が戦闘に耐えるものだと竜は信じた
だがしかし思い通りにことは運ばず

る。「よそ者」+「魂」を「人間のものでない魂を持つもの」と読み解き、「魔物」とした。

竜の恐《こわ》さがいかほどか
まことの様が時おかずベーオウルフに知らされた
屋敷の中の最たる屋敷ベーオウルフの己《おの》が館が
イェーアト人《びと》の王の座が
押し寄せる炎の波に灰燼《かいじん》に帰すとの知らせ
悲しみが　比するものない悲しみが胸奥《むなおく》つつみこみ上げる
勇士は思う
われ古き時代の掟を犯し
永久《とこしえ》の主《しゅ》の怒り　神の怒りを買ったかと
常ならぬ暗き思いに胸ふさぐ
人々守る砦なる海辺の陸地
その一帯を火を吹く竜は焔《ほむら》によって焼き尽す
戦でひるむを知らぬ王　ウェデル人《びと》の君主はここで思案めぐらす

この仕打ちの報復いかになすかと
戦士の守護者　戦人《いくさびと》率いる王はそこで命じた
余のために鉄でつくった目を瞠《みは》らせる楯を作れと
森の木の楯　シナノキで作った楯が
焔を防ぐ用なさぬこと王は重々承知していた
秀でた貴人に移ろう日々が　この世の生が
やがて終わりを告げる日が来る
秘蔵の宝物《ほうもつ》長きにわたり手中のものとしたけれど
蛇身の生き物竜もまたいずれの日にか生終える

輪環授く王はその時
遥か彼方《かなた》へ独り飛ぶかの生き物に
戦士の一隊　大軍勢を従えて

攻めかかること蔑《さげす》んだ
されど王　竜との戦恐るにあらず
竜の覇気　力と勇気　意に介するに値するものと思わず
勝運強きこの勇士
フロースガールの館から
悪しき鬼グレンデルを追い払い
グレンデルの一族を
忌まわしき血筋のものを
討ち滅ぼして以来この方
戦乱の中くぐり抜け幾多の乱戦切り抜けた
それ故この人恐れを知らず

フレーザのあの合戦も並大抵のものでなかった

フレーゼル先王の息　イェーアト人《びと》の王ヒイェラーク
邦民《くにたみ》の敬慕する王その人が荒れすさぶ戦いのなか
(134)受けた刃《やいば》に血潮吹きだし花と散る
ベーオウルフは自力で逃れ
潮《うしお》をこえて泳ぎ切る
(135)海原に身を挺せんとするときに
三十領の武具甲冑《かっちゅう》を脇に抱える
シナノキの楯かざしつつ
攻め寄せて来た(136)ヘトワレ族の戦士たち
この徒歩《かち》の戦を喜べず
ベーオウルフの手を逃れ故郷に帰りついた者
数寥々《りょうりょう》たるものである故
エッジセーオウ王の息子はこの時に

(134) **受けた刃**　原詩は「剣」を意味する語に「飲むこと」の意味の語をつないで一語とし、「剣の吸血によって」という。

(135) **海原**　藤原（1999, p. 111）の読みに倣う。

(136) **ヘトワレ族**　ライン河下流域に住んでいたとされるフランク族。

無念の思い胸にたたんでただ一人果てしなき海原渡り
邦民《くにたみ》のもと立ち帰る
ここに至って王妃ヒュイドは
ベーオウルフに宝物《ほうもつ》授けさらに王国
輪環と王の座とを与えんとした
ヒイェラーク王すでに没して亡き今は
王子ヘアルドレードでは
外国《とつくに》の軍に対してわれらが玉座守りきれぬと思し召す
だがしかしヒュイドの望む貴人から
若き王子の主君となって導くことに
あるはまた王権授与の申し出に
何としようと即座の応諾得ることできず
主君失い打ちひしがれた人々に心の晴れる応《いら》えなし

その一方でベーオウルフは
王子長《ちょう》じて嵐恐れぬイェーアト人《びと》を統治する日の到るまで
民草の中にとどまり
王子に対し懇篤な助言を与え敬意をもって親しく支えた
王子のもとを故国追われたスウェーオンの王子が訪《おとな》う
スウェーオン王オーホトヘレの子息二人が水面《みなも》を渡り王子訪ねる
(137)この客人《まろうど》は時の王叔父のオネラに背いた人たち
スウェーオンの王国で財宝授け給いし君主
海洋族の王のうち並ぶ者なきすぐれた君主
シュルヴィング人《びと》の守護者たる名高き王に背を向けた
この来訪がヘアルドレードの寿命縮める
ヒイェラーク王の息ヘアルドレード
客人《まろうど》もてなすその報い　剣の一撃知命の傷負う

(137) **この客人は…**　この行、原詩にない。状況を明確にするための訳者の挿入。

ヘアルドレード斃れるや
オンイェンセーオウ王の息　オネラ王は故郷に帰る
ウェデルの国の玉座つぎイェーアト人《びと》を統《す》べること
ベ(138)ーオウルフの為《な》すままにして
ベーオウルフはまこと秀でた王だった

第三十四節

(139)ウェデルの国は惨禍こうむる
報復遂げんとの思い月日経てなおベーオウルフの胸中去らず
頼る者なきオーホトヘレの子息の一人

(138) **ベーオウルフの…**　アレグザンダー（Michael Alexander, trans. p. 126）、ヒーニー（Seamus Heaney, trans. 1999, p. 76）、モーガン（Edwin Morgan 2002, p. 63）などの読みに従う。

(139) **ウェデルの…**　藤原（1999, p. 111）の読みに倣う。

エ(140)ーアドイルスにベーオウルフは目をかける
イェーアトの王ベーオウルフは軍を率いて広き湖　水面《みなも》を渡り
戦士と武器でエーアドイルスを支援する
エーアドイルスは凍てつく中を戦いの爪痕残す征途にのぼり
やがてオネラの生命《いのち》絶ち故国追われた復讐遂げる

エッジセーオウ王の息　ベーオウルフはこの通り
勇気ある行《おこな》いによりいずれの時も苦闘を制し
熾烈《しれつ》な戦切り抜けてきただがやがてこの勇士にも
蛇身《じゃしん》のものと戦うことの避けられぬ日が訪れる
イェーアトの王はその時
怒りに燃えて十一人の供を従え竜の様子を窺いにゆく
竜の敵意が何によるのか

(140) **エーアドイルス**　スウェーオン族の王子。

人々に竜が加える冷酷非道な行いが何によるのか
王はその時すでに知る
貴き器　かの見事なる杯が
宝の埋蔵知らせた者から王の手元に
今は王秘蔵の宝
秘宝の存在知らせた男
皆《みな》に従う十三人目
争いの種蒔いたのはこの男
惨めな思い胸に抱《だ》き
侮蔑のまなざし受けながら
皆《みな》の案内つとめる羽目に
地中の洞《ほら》を知る者はこの者おいて他にない
心ならずも洞穴《ほらあな》に到り着くまで

海原近く波に抗《あらが》い
地中の塚に到るまで足を運んだ
洞《ほら》の中には身を飾る品
黄金《こがね》の細工が山をなす
地中にあって劫《ごう》を経た身の毛もよだつ洞の番人
飛び掛からんとばかりに身構え黄金《おうごん》の宝を守る
何人《なんびと》であれ手中のものとすることは易《やす》からぬこと

戦に際しひるむを知らぬ王は岬に腰下ろす
イェーアト人《びと》の慕う王　黄金《こがね》下賜《かし》する君主は皆《みな》にことばかけ
共に炉を囲んだ家臣　その者たちの武運を祈る
王悲しみに打ち沈み不安に心揺れながら
己《おの》が生命《いのち》の終焉《しゅうえん》を待つ

命運尽きる時せまる
運命が老王訪ね魂入れた庫《くら》探し
命と身体《からだ》を切り離す
貴人の命を肉体が包んでおくのはもはや一時《いっとき》

エッジセーオウの御子《みこ》　ベーオウルフはいい給う
「余は若き日に幾度《いくたび》となく
戦の嵐くぐり抜け戦いの時を耐え抜く
その戦いの一切が脳裏を去らぬ
財宝分ち給う君　邦民《くにたみ》の敬慕する王
父のもとから余を引き取る
その時の余は齢《よわい》七歳
時の王フレーゼル　余を守り育てて

宝物賜《たま》い宴《うたげ》の席に招かれる
血のつながりを忘れ給わず
城市のうちで兵《もののふ》として
余が王にとり厭わしき者となること
王の生涯一度としてない
ヘレベアルドとハスキュンと
わが主君となるヒイェラーク
三人のいずれの御子にも劣ることなく王は余を愛《いとおし》まれた
不当なる運命《さだめ》によって一族の一人の者がなせる業《わざ》
長兄のヘレベアルドに死の床《とこ》が設《しつら》えられる
ハスキュンが角で装飾ほどこした弓を引き
心通う仲にしてやがて主君となるはずの
ヘレベアルドを放たれた矢で射て倒す

2435

矢は逸《そ》れて兄を射た
弟が兄に矢を
矢は血潮に染まる
罪深きこと心が沈む
金銭にては償えず
何はともあれヘレベアルドは
命を捨てる羽目になる
仇《かたき》をとってもらえぬままに

これと相似て
己《おの》が息子が若くして絞首台に掛かるを見れば
老いたる親は悲しみに泣く
渡《わた》り鴉《がらす》の喜ぶ餌《えさ》にと息子の体宙につるされ
齢《よわい》重ねて並々ならぬ知恵ありながら
手を差し伸べる術《すべ》もたぬとき

老いたる者は悲しみ語る挽歌をうたう
朝の来る度《たび》つねに心に浮かぶのは己《おの》が息子の死出の旅立ち
息子の一人　死して止むなく現世の務めもはや果たせぬ身となった
この時に老いたる父は新たな跡継ぎ城市において待つ気にならぬ
息子の住まいに立ち入れば目にする様に悲しみつのる
ブドウの酒くんだ広間に人影は絶え
安らぎの場は風吹き抜けて喜びは跡形もない
騎馬の戦士は眠りの床《とこ》に
勇士たち今墓の中
鳴り止んで竪琴《たてごと》の音《ね》は耳にとどかず
かつての賑わい今はない」

第三十五節　（ベーオウルフのことばが続く）

「そこで父王寝台《ねだい》まで行《ゆ》き挽歌をうたう
一人の者が今は亡き一人の者に挽歌をうたう
老いた父には土地も屋敷も寂《さび》れてみえる
何もかもどこもかしこも広過ぎる
ウェデル人《びと》守護する王も同じこと
ヘレベアルド偲び胸中悲しみ湧き出《い》だす
ヘレベアルドを斃した者に対する思い
決着つける術《すべ》はない
親愛の情抱《いだ》けぬにせよ
敵対行為なしたからとてその者憎めず
フレーゼル王心が痛み

悲嘆のあまり人の世の喜びを捨て
(141)神の御光《みひかり》選ばれた
王は彼岸にたたれる時に
幸《さきわ》う生涯送った人のなすように
土地と城市を子息らに遺《のこ》し逝《ゆ》かれた

フレーゼル王崩御のあとは
スウェーオンとイェーアトの民
広大な湖水(142)はさんで対峙《たいじ》して敵意あらわに鬩《せめ》ぎあう
両軍激しく鎬《しのぎ》けずった
オンイェンセーオウの息子たち
大胆不敵　戦を好み向こう岸との和平望まず
イェーアトの土地《くに》フレーオズナ山のあたりで
悪意に満ちた恐怖の殺戮《さつりく》繰りかえす
この者たちの非道暴虐

(141) **神の御光選ぶ**　死を意味する。

(142) **湖水**　今日のスウェーデンにあるヴェーネルン、ヴッテルン両湖のいずれかを指すのではないかと思われる。ちなみに、ヴェッテルン湖の南北両岸の間は約百三十キロメートル、ヴェーネルン湖では最長約百キロメートル。

伯父にして余には親しきお二方《ふたかた》
世によく知られたことながら
仇《かたき》とり積もる恨みを晴らされた
だがその代価痛恨きわまる
伯父の一人が戦場に果つ
イエーアトの王ハスキュンが命失う
剣に斃れた身内の仇《かたき》イエーアト人《びと》がとったこと
余が耳にしたのは明くる朝
オンイエンセーオウ　イエーアト族のエオヴォルに打ちかかるとき
殺戮を事とするスウェーオンの王に対して
ヒイェラーク刃《やいば》によって仇《かたき》とる
齢かさねたシュルヴィングの王兜を割られ
血の気失いその場に倒れた
ヒイェラークの手は恨み忘れず
必殺の剣容赦《ようしゃ》ない

ヒイェラーク王余に賜った宝の返礼
戦う機会得たときに輝く剣で戦場でなす
王は余に土地と屋敷を授けられ家もつ喜び与え給うた
イフス族あるいは槍のデネ族に
あるは又スウェーオンの王国に雑兵《ぞうひょう》求め財宝により兵雇う
その必要は王にない
余が常に徒歩《かち》の戦士の隊にあり
先駆けをして一人で先鋒《せんぽう》務めんとした
この剣が戦いに耐える限りは生ある間余はこのように戦う所存
かつて余は戦士たち並み居る前で
フーグ族の一人の勇士ダイフレヴンを手に掛けた
それ以後はこの剣が幾度《いくたび》となく時を選ばず役に立つ
この勇士ヒイェラーク(143)の胸を飾った胴鎧

(143) **ヒイェラーク**　アレ

フレーザの王のもとまで持ち帰り得ず
軍旗掲《かか》げる気高き勇士戦場に散る
だがその戦死刃《やいば》によらず
敵意あらわな余の手の平で胸(144)つつむ骨の箱にぎり潰《つぶ》して
心臓の動きを止めた
しかし此度《こたび》は剣の刃《は》が
手と鍛えた剣が秘宝目指して戦わん」
ベーオウルフはさらに続けて
最後となった誇りのことば口にする
「余は若き時幾多《いくた》の戦にかかわった
齢《よわい》重ねた今もなお
人間に災いもたらすかの生き物が
地中の館　洞《ほら》を這い出し余に挑むなら

グザンダー（Michael Alexander, trans. p. 130）の解釈に従う。原詩のこの箇所にヒイェラークの名前はない。

(144) **胸**　原詩では「骨」を意味する語と「家」を意味する語をつないで一語とし、「骨の家」で「胸郭」を表している。

民を守護する者として彼奴《かやつ》の挑戦受けて立ち
われ英雄の働きなさん」
次《つ》いで君主はこれを最後と
寵臣《ちょうしん》たちと
兜いただく勇者たち一人ひとりとことばを交わし
その上でいう
「余は剣を竜のところへ携えはせぬ
武器持ち行《ゆ》かぬ
もし怪物に立ち向かうのに方法他にあると知るなら
あの時にグレンデルにしたように
矜持《きょうじ》捨てずに素手の闘い挑めるならば
だが洞《ほら》の中残酷な焔《ほむら》の熱気
毒含む息の襲撃受けるであろう

それゆえ吾は楯をもち鎖鎧を身につけた
この塚《つか》守《も》りに対峙《たいじ》して一歩とはいえ引くつもりない
だが洞穴《ほらあな》の壁際にては
人間皆《みな》を司る神　運命の定めたままに余と竜にとり事は運ぼう
余の心確固たるもの　微動だにせず
だからこそ戦い挑む空飛ぶ魔物けなす大口たたくは控える
そなたたち鎧をまとう武人らよ
鎖鎧で身を守り塚の上にて待機せよ
死闘のすえに余と竜のいずれが傷に耐えうるか
しっかりと見届けるべし
この戦そこもとたちの手に余るもの
この王一人を別にして人間業の及ばぬものぞ
魔物相手に力発揮し輝く行《おこな》い成し遂げるのは

並み大抵のことでない
余は勇を鼓し黄金《こがね》かち取る
さもなくば戦いが　人の恐れる　生死を分ける災いが
そこもとたちの主《あるじ》連れ去ることとなる」

語り終えるや令名馳《は》せたこの戦士
楯たずさえて立ち上がる
鎖鎧に身を固め兜の陰に威厳を見せて己一人の力を恃《たの》み
岩壁《いわかべ》の裾《すそ》へと向かい歩みゆく
怯懦《きょうだ》の者に真似《まね》できぬこと

この勇士　戦乱の中歩兵同士の激突で
勇猛果敢に幾多の乱戦切り抜けた人

岩壁《いわかべ》の裾へと進み弓形《ゆみがた》となる岩屋根が壁から迫《せ》り出し
激しき気流屋根の下から塚の外へと吹き出すを見る
その気流恐ろしき焔《ほむら》に焼かれ灼熱の怒涛となって
波打つごとく大気の中に霧と散る
瞬時たりとも塚の中　地の奥深く宝の側《そば》に近寄るならば
竜の吹き出す焔のために身を焼かれるは必定《ひつじょう》のこと
決然としてひるまぬ勇士
嵐恐れぬイェーアト族の王はその時怒りに胸が煮えかえり
腸《はらわた》しぼり雄叫《おたけ》びをあげ大音声《だいおんじょう》に呼ばわった
戦の最中《さなか》も物音圧して響く声
淡く黒ずむ岩の裾まで轟いた
人間の声耳にして宝の番人敵意燃え立つ
竜の心をなだめる時間もはやない

怪物の吐き出す息は熱きガス岩肌を這い吹き付ける
大地が吼える
塚裾《つかすそ》に佇《たたず》む勇士　イェーアトの王
恐ろしき余所者《よそもの》にむき楯を振る
蜷局《とぐろ》まくもの戦い求め胸をおどらす
武勇の誉れ高き君主はその時すでに
父祖伝来の 刃《やいば》 鋭き名剣を鞘払い持つ
両者はともに相手を恐れ
蛇身のものは寸陰おかず蜷局まき
味方の将は楯振りかざし凛然《りんぜん》として身構えた
甲冑に身を包み待つ
竜はその身を焔に包みくねらせながら進み来る
運命《さだめ》に向かいまっしぐら

名高き王の命と体　しばしの間しっかりと楯が守った
だがそれは王願うほど長くはもたず
此度《こたび》初めて運命《うんめい》が勝利の定め決めぬまま
王は戦うこととなる
イェーアトの王高々と腕振り上げて家に伝わる名剣を
斑《まだら》模様《もよう》の怪物めがけ振り下ろす
だがそれも苦境の王は力及ばず
きらめく刃《やいば》魔物の骨を断ち切れず
塚の番人剣を見舞われ狂わんばかり
人焼き殺す恐怖の焔《ほむら》吹きつける
(145)戦に際し燃え立つ炎《ほのお》あたりを覆う
イェーアト人《びと》の慕う王　黄金《こがね》下賜する君主は此度《こたび》
勝利の誉れ誇り得ず

（145）**戦…炎**　原詩では、「戦」「炎（複数形）」を意味する二語をつないで一語としている。

戦の刃《やいば》あの白刃《しらは》　時経《へ》た今も劣化せぬ
鉄の刃《やいば》があるまじきこと役立たず
エッジセーオウの令名高き御子《みこ》は今
心ならずも彼岸に住まうこととなり
この世を後にせんとする
その旅路よきものでなし
だがしかし誰しもいつかは
この世の日々を捨てねばならぬ
ベーオウルフも定めは同じ
猛り立つ敵《かたき》と敵《かたき》　勇士と竜は時おかず再度見《まみ》える
秘宝の番人奮い立ち改めて息吹きつけんと胸ふくらます
邦民《くにたみ》を支配した王焔《ほむら》に巻かれ苦難に耐える
誼《よしみ》結んだ仲間たち　貴人の子供ら

勇気ふるって一隊となり主君の側に留まることせず
森に逃げ込み命を守る
その中の一人の者は悲しみに心が揺れる
思慮深きその者にとり
血族の縁《えん》　何があろうと軽《かろ》んずることできぬもの

第三十六節

その戦士　名はウィーイラーフ　ウェーオホスターンの息
アルフヘレと縁《えにし》つながる気高き勇者(146)
シュルヴィング王家の血筋

(146) **勇者**　原詩は「楯」の意味の語と「戦士」の意味

気高き戦士　熱気に苦しむ主君の表情
兜いただく面《おも》覆う面貌《めんぼう》の陰に認めた
戦士の脳裏にこの時浮かぶは王に授かる土地と家
ウェーイムンディング一族の豊かな住まい
かつては父のものだった
民として得《う》る一つひとつの世襲財産
躊躇《ためら》っているわけにはいかぬ
手にシナノキ作りの黄色の楯とり
父祖伝来の古き代《よ》の剣
オーホトヘレの子息たる
エーアンムンドが遺《のこ》したものと人の知る剣鞘払う
エーアンムンドは故国《くに》を逃れた友なき身
戦う最中《さなか》ウェーオホスターンの剣の刃《やいば》に斃れて果てた

の語をつないで一語とする。「楯もつ戦士」を「勇者」とした。

エーアンムンドの遺した品々
輝く兜・鉄の輪つなぐ鎖の鎧・巨人の手になる古き剣
これら遺品をウェーオホスターン　オネラのもとに自《みずか》ら届け
オネラ王　甥がその身に着けていた戦の装備
何時《なんどき》なりと使用に耐える見事な鎧　携え参った戦士に授く
その戦士手にかけたのは王の甥
にもかかわらずその恨み王一言も口にせず
下賜された剣・鎖鎧にその他の装備
春秋重ねた父親が若き日なしたと同様の
輝く行《おこな》い息子が為《な》す日至るまで
ウェーオホスターン(147)幾年月《いくとしつき》の長きにわたり所蔵したもの
ウェーオホスターン老いの身となり
イェーアト人《びと》の地《くに》に居て命手放し彼岸に向かう時迎え

(147) **幾年月**　原詩には「多くの半年」とある。

数限りなき戦の装備息子に与えた
高貴なる君主とともに激しい戦たたかうは
若き戦士に初めてのこと　だがこの戦士後《あと》へは引かず
父の形見の家宝の武器も戦に臨み役割果たす
君主と戦士力あわせて立ち向かうとき蛇身のものは思い知る
ウィーイラーフは仲間に向かいことば尽くして諄々《じゅんじゅん》と説く
心愁《うれ》いに打ち沈むまま
「あの時のこと思い出す
蜜酒の杯受けた時のこと
輪環《りんかん》を与え給いし主君に向かい
宴《うたげ》の広間でわれら誓いしときのこと
殿に授かる下賜の武具
堅き刃《やいば》の剣と兜と

君に必要あるときは
これら品々受けたご恩に報いると立てた誓いを思い出す
この度の征旅のために
王ご自身でわれわれを戦士の中から選ばれた
栄誉にそぐう者たちなりと思《おぼ》し召しこれら貴き武具賜った
われわれ槍の使い手たちを
兜いただく勇者らを
優れた者と王思われた故である
邦民を守護する君主われらが主君は
この武勇の行《おこな》いわれらがために一人で為《な》すと仰せはしたが
それも主君が人後に落ちず
こよなく栄《は》えある振る舞いを　勇猛果敢の行いを
数々為された方であるため

今こそ主君わが君に武勇優れた戦士の力必要なとき
いざわれら主君のもとに馳《は》せ参じ
恐ろしき焔《ほむら》の恐怖消えるまで戦の長《おさ》をお援《たす》け申さん
それがしのこと神知り給う
黄金《こがね》賜るお方とともに
わが体焔の中に留まることを厭わずと
何はさて措《お》き敵斃《たお》し
ウェデルの戦士　王のお命お守りするがわれらの務め
お守りすることできぬなら
楯たずさえて館《やかた》に還るは相応《ふさわ》しきことと思えず
イェーアト人《びと》の精鋭のうち王ただ一人苦痛を忍び
戦に果てる定めとするなら
王これまでの働きに応えることにならぬであろう

主君とともに剣・兜　鎖鎧《くさりよろい》と戦衣《いくさごろも》をわれ身に着ける」
かく言い置いてウィーイラーフは
兜いただき死を呼ぶ靄をかいくぐり
主君助けに駆けつけて短いながら声かける
「敬慕する殿ベーオウルフよ
かつて若き日仰《おお》せになった
『生ある間栄光に影差させるな』と
おことば通りすべて見事に成し遂げられよ
栄《は》えある行為で令名高く意志固き君
全力あげて御《おん》命守り召されよ
それがしご加勢つかまつる」

ウィーイラーフのことば終わると

恐ろしき心(148)よからぬ蛇身《じゃしん》のものは怒り狂って再度現れ
揺(149)らぐ焔の鬼と化し
不倶戴天の憎き人間探し求める
潮《うしお》のごとく焔は襲い楯(150)焼き尽くす
鎖鎧も槍とる武人若き戦士の助けとならず
にもかかわらず若き武人は覇気失わず
己の楯が焔でもって燃え尽きたとき
血筋つながる王の掲げる楯の後ろに身を寄せる
折も折　戦で怯《ひる》むを知らぬ王己《おの》が誉れに思いをいたし
渾身の力を込めて戦火くぐった剣打ち下ろす
剣の動きは敵意のままに敵(151)の頭部に突き刺さる
ベーオウルフの剣ナイリング
灰色にくすむ刃《やいば》の古き剣二つに折れて最早それまで

(148) **心よからぬ**　原詩は（1）「恐ろしい」と（2）「心よからぬ来訪者」の二語からなっており、（2）の「来訪者」に当たる部分は、「悪魔」を意味する語と同音で、「来訪者」の意味が「悪魔」にかかり、「人間界に現れた妖怪」を意味する。

(149) **揺らぐ焔の鬼**　アレグザンダー（Michael Alexander, trans. p. 135）の読みに倣う。

(150) **楯焼き尽くす**　原詩には「楯を（中心の）鋲のところまで焼いた」とある。

(151) **敵の頭部に**　藤原(1999)、モーガン(2002)、

鉄の刃《やいば》が戦の助けにならぬことベーオウルフに間々あった
剛力《ごうりき》の度が過ぎた故
この詩人《うたびと》の聞き知るところ
ベーオウルフが戦いに
傷に血塗《ちぬ》られ強度の増した剣持ち行《ゆ》こうといかなる剣も
その一振りにかかる力が無理になる
力強《つよ》きがベーオウルフに徒《あだ》となる事態変わらず

人間に敵する魔物焔《ほむら》吐く竜　恐ろしきもの
三度《みたび》戦に思いをいたし令名高き勇者を襲う
焼けつくような熱発し
好機と見るや勇者の首を鋭い牙で丸ごと捉え噛みついた
波浪のごとく血潮吹き出し勇士の首は朱《あけ》に染む

レブサメン（2004）の訳に従う。

第三十七節

さて詩人《うたびと》の聞くところ
邦民《くにたみ》の王危地に立つ
その傍《かたわ》らでかの戦士無心のままに凛然《りんぜん》として臆さず屈せず
竜の鼻面《はなづら》気に止めず
縁《えにし》つながる武人援《たす》けて戦う間《かん》に
戦士の手竜の焔に焼かれ爛《ただ》れる
鎧を纏うこの武人敵意もつ魔物の首下《くびした》切りつけた
金で飾った輝く剣は深く食い込み
焔の勢い衰え始めやがて鎮まる
王いまだ物事の道理のわきまえ失わず

鎖鎧の上から帯びた必殺の剣
戦によって研ぎあげられた切れ味鋭い短剣引き抜く
ウェデル人《びと》守護する王は魔物の腹を刺し通す
血縁の 縁《えにし》もつ二人の貴人力をあわせ敵斃す
二人の勇気が 敵《かたき》 の命その体から追い払う
人たる者は　事あるときの臣《しん》たる者はかくあるべきぞ
今こそがこの王にとり
自らの手で勝利勝ち取る最後のひと時
現世における最後の働き
大地に住まう竜が与えた王の体の火傷《やけど》の痕が
爛《ただ》れ始めて腫《は》れてきた
ただちに王は胸内《むねうち》に死の猛毒の満ちるを悟る
高貴なる人歩《あゆ》み行《ゆ》き壁ぎわに来て 傍《かたわ》らの座に腰下ろす

思慮深き王巨人の仕事つくづくと見る
地中の広間　永久《とこしえ》の広間の中で
弓形をなす天井を柱が支え立つ様を見た
指折りの家臣はそこで手に水を汲み
血に染まり闘い疲れた敬慕する君
名高き王の汚れを落とし兜脱がせる

現世の日々が終わらんとしてこの世の喜び最早なく
生ある日々はすべて去り死が目前に迫ること
ベーオウルフはよくよく承知
傷のため血の気失せるが受けた深傷《ふかで》を物ともせずに王はいう
「死したのち余の相続者わが体から
生れ出ることあり得《う》るならば

余が身に着けた戦の装備己《おの》が世子《せいし》に譲りたい
五十度《いそたび》冬を数える間余はわが部族統治した
近隣諸国の民を治める者のうち兵を率いて余に迫り
武威を誇示して余を脅《おど》すこと敢えてする者あらざりき
余はこの地《くに》で寿命尽きる日至るのを待ち
己の分を正しく守り
悪知恵駆使した敵意抱かず
出まかせに誓いのことば口にせず
余は今は死にいたる深傷《ふかで》のために憔悴の有り様となる
だがこのように過ごし来たこと余には喜び
わが命この体から出《い》でゆくときに
人間を支配し給う神が余に
肉親の殺害により罰くだされる必要なきが故である

愛《いと》おしきウィーイラーフよ
淡く黒ずむ岩の下なる宝蔵《たからぐら》速やかに行《ゆ》き見て参れ
蛇身《じゃしん》のものは最早動かぬ
深傷《ふかで》受け財宝なくし眠りについた
さあ急ぐのだ
古き代の富　黄金《こがね》の財を余が認め
光り輝く宝玉をとくと見ること叶うよう
余は富見れば安らかにわが命捨て
久しく治めたこの土地《くに》を手放し彼岸に赴《おもむ》ける」

第三十八節

さて詩人《うたびと》の聞くところ
ウェーオホスターンの息　ウィーイラーフは
主君のことば聞き終わるなり
傷を負い戦で力衰えた己《おの》が主君の命《めい》に従い
鉄の輪つづり編み上げた戦の衣《ころも》　鎖鎧に身を包み
塚の屋根下《やねした》　歩を運ぶ
勇気ある若き家臣は勝利に歓喜
座の傍らを過ぎ行《ゆ》きながら数々の宝目にする
目に留《と》まるのは大地においた黄金《こがね》の輝き
土壁《つちかべ》にある不可思議なもの

往古《おうこ》よりたそがれ時《どき》の空翔《かけ》た蛇形《じゃぎょう》のものが棲《す》んだ鳥屋《とや》
古人《いにしえびと》の酒酌《く》んだ酒器
磨く者なく飾りはげ落ちそのままに置かれた様子
時代がついて錆の出た幾多の兜がそこにある
優れた技でひねり加えた幾多の腕輪がそこにある
これらの宝　地中の黄金《こがね》
誰であろうと目を眩《くら》ませるは易きこと
隠すこと欲する者は思いのままにするがよい

秘宝の上に黄金《こがね》ずくめの旗一流《ひとなが》れ
手にて織られた比類なきこの世の不思議
この旗の高々かかる様もまた若き勇士の目に留まる
黄金《こがね》の旗から一筋の光さし出《い》で地の面《も》を照らし

数々の名匠《たくみ》の業《わざ》を勇士目にする
蛇身のものはその姿跡形《あとかた》もない
刃《やいば》が魔物道連れにした
この詩人《うたびと》は耳にした
ある者一人塚に入《い》り巨人作りし時経《へ》たる品奪い去ったと
杯や皿望みのままに胸にいだいて持ち去った
旗も持ちゆく
輝きひときわ際立つ旗も
長の年月《としつき》宝守ったかの魔物
齢《よわい》重ねた主君の剣がその時すでに刺していた
刃《やいば》は鋼鉄《はがね》
かの魔物刃《やいば》にかかり果てるまで焔《ほむら》の恐怖持ち運び
塚の宝物《ほうもつ》守らんと辺り一帯熱気に包み

夜《よる》ふけて狂[152]い暴れた
王の命《めい》受けた勇士は手にした宝一刻争い持ち帰りたく
王の身案じ心急《せ》かれて歩み早まる
ウェデルの民の君主は今や体の力衰えた
その方《かた》を先刻残したその場所に存《なが》らえおわす御姿《おんすがた》
拝することができるかと不安のうちに道急ぐ
やがて勇士は宝物を携えたまま
名高き王が　己《おの》が主君が
朱《あけ》に染まって末期のときにおわすのを見る
勇士は再び王の体に水掛けだした
そのうちことばの切っ先が胸内《むねうち》のことばの蔵《くら》を突き破る
老王は愁《うれ》いに沈み黄金《こがね》から眼《まなこ》離さずことば連ねる
「万物の主《しゅ》に　栄《は》えある王者永久《とこしえ》の主に

(152) **狂い暴れた**　原詩は「刀」を意味する語と「暴れまわる」の意の語をつないで一語とする。「刀として［刀となって］暴れまわる」と読んだ。

今ここに目の当たり見る数々の宝の礼を述べておきたい
終焉《しゅうえん》の日を前にしてかくのごとき数々のもの
わが国の民のため手に入れること許された故
余は今ここにわが老体に残る命を売り払い
王国秘蔵のものとなるこれら宝を手に入れた
そのことに思いをいたしそこもとたちは
この先の日々邦民たちの必用に心用いよ
余は最早ここにこれより長く留まることできぬ
戦いで勇名はせた勇士たちに命ずべし
荼毘《だび》の炎が燃えつきた後《あと》　残る誉《ほま》れの証《あかし》とて
海に張り出す岬の上に見事な墳丘築造せよと
わが陵《みささぎ》はフロン岬に高くそびえて民草《たみくさ》の追憶さそい
舷高高き船を操り海原おおう霧かいくぐる

遠き方より海渡りゆく船人たちが
ベーオウルフの塚と後々《のちのち》名づけ親しむものとなすべし」
豪胆な人　君王《くんおう》は金の飾りを首からはずし
槍もつ従士(153)　若き戦士に
金で飾った兜に宝環　鎖鎧とともども与え役に立てるがよいという
今わの際にあって老王胸中の思いを語る
「われらが一門ウェーイムンディング家の中で
そちは最後の生き残り
運命《うんめい》が皆を残らずさらい連れ去る
一族の勇猛果敢な勇士たち
その者たちを死に追いやった
余もその後を追わねばならん」
これぞ王最後のことば

(153) **従士**　アングロ・サクソン時代の武人。王から領地を与えられた者。

王送る弔いの火に　荒れ狂う炎にその身委ねられ
魂が体離れて神(154)の審判受けに赴く
その時までに王の残した最後のことば

第三十九節

若き武人に耐え難きこと起こる
こよなき敬慕おく能《あた》わざるわが君が天命尽きる時となり
苦痛こらえて地に横たわる御姿《おんすがた》目《ま》の当たり見る
主君殺《あや》めたかの魔物大地に住まう身の毛もよだつ竜もまた
苦痛にその身さいなまれ命奪われ死して地の面《も》に横たわる

(154) **神の審判**　原詩には「正しきもの」を意味する語が使われている。「正しきものの審判」をキリスト教的世界観を映したものと解して、「神の審判」とした。

蜷局《とぐろ》まく蛇身のものはもはや秘蔵の宝物を
思いのままにすることできず
槌でたたいて硬く仕上げた
歴戦の跡をとどめる鉄の刃《やいば》がこの生き物を道連れにした
彼方此方《かなたこなた》と天翔《あまがけ》た竜　今手傷負い身動きならず
宝埋《うず》まる蔵の近くで地に臥《ふ》していた
夜《よる》ふけて空飛び遊び戯《たわむ》れて
秘宝に驕《おご》るその様を誇示する姿目にすることは最早ない
戦指揮する勇将の手の業により今は地に臥《ふ》すものとなる
この詩人《うたびと》の聞き知るところ
なすことすべてに大胆不敵な者といえども
力で勝る者のうち令名残した者は少ない
塚守る生き物塚に棲《す》みついて秘宝見張ると知りながら

塚守《つかも》りの毒もつ息に面と向かって突き進み
あるは又宝庫の中を手で探り秘宝物色するなどのこと
成し遂げるのはごく僅か
ベーオウルフは死と引き換えに数知れぬ貴き宝物贖《あがな》った
勇士も竜も両者ともども仮初《かりそ》めのこの世の生の終わり迎えた
時おかず十人の者　戦に臨《のぞ》んで怯《ひる》んだ者たち
主従の誓い投げ捨てた惰弱《だじゃく》なる男たち
打ち揃って森を出る
先刻主君危急の際にこの者たちは投げ槍使う勇気失う
恥じ入りながら楯を携え戦の装備身につけたまま
老王の地に臥《ふ》すところに歩み寄りウィーイラーフの顔色窺う
歩兵隊のこの戦士
疲れ果てて王のそば肩近く座し水かけて主君の蘇生試みる

だがその努力もはや詮無い
切なる願いも今は叶わず
一族を率いた人に命留めておくことできず
この武人の命この世に留めおくことできず
神の御心《みこころ》いささかの揺るぎも見せぬ
今と変わらず人間は一人ひとりがその為《な》すところ神の意のまま

死闘交えたその時は
勇気失い森に潜んだ者たちに
若き戦士は辛辣《しんらつ》なことばをもって即座に応じる
ウェーオホスターンの息ウィーイラーフはいう
断腸の思いを胸に憎き者ども睨《ね》め付けながら
「さあ聞けよ

真実を語らんとする者は言い得《う》る　以下のこと
われらが主君　そこもとたちに貴き品々賜りし方
そこもとたちが身につけた戦の装備　鎖鎧と兜とを
宴《うたげ》の席でその場に座した者たちに幾度《いくたび》となく賜った
家臣たち恩賜の栄に浴するときは
近き方《かた》にも遠き方にもいずこにも見つかりはせぬ
たぐいなき見事な代物《しろもの》
その品々が悲しいことに戦い降って湧くときに
主君には投げ捨てたのも同然となる
邦民《くにたみ》の王にとり共に戦う邦人《くにびと》の自慢すること無用のことと成り果てる
だが神は　勝利を支配し給う神は
王に勇気が必要なとき王が単身刃《やいば》でもって
敵《かたき》にむかい報復すること許し給うた

それがしはこの戦いで王の御生命《おいのち》お守りできず
しかしそれがしわが力及ぶ以上のことを為《な》し
縁《えにし》つながるわが君をお援《たす》けせんと力尽くした
それがしが命を狙う敵《かたき》に対し剣の一撃食らわせしとき
さしもの竜も力弱まり
その生き物の吐く焔《ほむら》吹き出す勢い衰えた
王に危急の時来るもまわり囲んで守護する戦士数足りず
おまえたち一族にとりこれより後《のち》は
宝の拝領　剣の下賜
屋敷もつ喜びすべて　いとしき家庭
いずれも縁無きものとなる
そこもとたちの恥ずべき行為　逃亡のこと
貴人たち遥けき方より耳にするとき

そこもとたちの身内はすべて土地もつ権利奪われて
(g)さすらいの身となることを免れず
何人《なんびと》であれ戦士たるもの
恥辱の中に生きるより命運つきる方がまし」

第四十節

ここに来て若き武人は命《めい》下す
切り立つ崖の要塞《ようさい》に戦の様子知らせよと
崖の上には戦士たち楯もつ人の一団が
払暁《ふつぎょう》過ぎて真《ま》昼時《ひるどき》まで

敬慕の念を抱いた主君　その方の最期予感し
心愁いに沈みながらも
無事の帰還もしやと希《ねが》い座して待つ
岬にそびえる切り岸に馬乗り上げた使いの者は
新たな状況一部始終を　真実《まこと》の様を
聞きもらす者のなきよう包み隠さず声張り上げる
「ウェデルの人々　民草に喜び与えられし方
イェーアト人《びと》の王は今
蛇身《じゃしん》のもののなす業《わざ》により
殺戮《さつりく》の床《とこ》に御座《おわ》して死の床に固く縛られ身動きならず
傍らに命の敵が短剣に刺され傷負い横たわる
大剣《たいけん》にては何としようとその生き物に傷負わし得ず
ウェーオホスターンの息ウィーイラーフが

ベーオウルフの側に座す
一人の戦士死せる戦士の身近に侍り
心の疲れ癒えぬまま追慕する方・憎き者
両者の頭《こうべ》じっと見つめる
フランク族とフレーザ族に王の崩御が知れ渡るなら
戦いの時ぞ至ると誰しも思う
フランク族はまたの名フーグ
フーグ相手に激しい戦火かつて交えたことあった
ヒイェラーク王水軍率いて海原を越え
フレーザの地に侵攻された時のこと
かの地において戦力勝るヘトワレの軍
イェーアト軍を迎え撃ちヒイェラーク王打ち負かす
鎖鎧をまとった王も敵の襲撃かわし得ず
歩兵の隊が取り囲む中王は倒れた

ヒイエラーク王百戦錬磨の家臣らにもはや輪環与え得ず
それ以来フランク族の王室はわれらに対し憎しみ抱く
それがし思う
スウェーオンにも親交・信義期待するのは全くの無駄
オンイエンセーオウ王の手で
フレーゼル王の御子《みこ》ハスキュン王が
(155)フレヴン森に程近く命奪われ戦陣に散る
あまねく人の知るところ
ハスキュン王のご最期は
イエーアト人《びと》の軍が堂々戦い好むシュルディング人《びと》
初めて攻めた時のこと
オーホトヘレの英明なる父
年老いてなお人の恐れるオンイエンセーオウ　ハスキュンを討つ
軍勢率《ひき》いて水面《みなも》渡ったこの王を打ち返す剣にて斃し
(156)輝く黄金《こがね》奪われた老いたる后《きさき》

(155) **フレヴン森**　スウェーオン族の地にある森。原義をとって「鴉（からす）ケ森」と訳す人もある。

(156) **輝く…奪われた**　「輝

オネラとオーホトヘレの母なる人を救い出し遺恨ある敵追い詰める
わが方の戦士たち主君失い命からがら(157)フレヴン森に逃げ込んだ
刃《やいば》にて切り残した者　傷負って体力尽きたこの者たちを
オンイェンセーオウ大軍もって取り囲み
惨めなる敗残の兵一同に
恐ろしきことその身を襲うと夜もすがら
繰り返し脅しを掛けたその上に
夜が明けるころ敗残の者王が手ずから切り殺し
ある者は首吊りの木につるし上げ鳥の玩具《おもちゃ》にしてやるという
だが夜明けとともに安堵の思い打ち沈む戦士の胸に再び返る
物音聞こえヒイェラークの角笛とラッパの響き耳にしたときのこと
凛呼《りんこ》たる戦人《いくさびと》精鋭率い兵たちのあと追ってきた」

く」は原詩にはない。リズムを整えるためにした訳者の挿入。「黄金奪われた」は、高貴な女性が囚われの身となったことをいう表現のように思われる。

(157) **フレヴン**　原詩は「森」を意味する部分に前出の「フレヴン森」とは異なる単語を当てているが、「鴉の森」という原義に変わりはないので、同じ場所を指すものと思われる。

第四十一節　（使者の回想は続く）

「スウェーオンとイェーアトの
戦士らが往《ゆ》き交《か》った径《みち》血潮に染まる
恐ろしき殺戮の跡　両軍が互いに憎悪かき立てた様
ここかしこ至るところで目に触れる
勇猛果敢な老将は無念の思い胸にして
親族の者を引き連れ砦《とりで》に向かう
戦士オンイェンセーオウがより遠くへと去って行く
ヒイェラークの戦う勇気
気迫に満ちたこの人の戦いの技
オンイェンセーオウ聞き知っていた
抗戦は無駄との思い胸去らず

海渡り来る戦士らと刃《やいば》を交《まじ》え秘宝と子供と女《おみな》を守る
叶わぬことと知っていた
老将はその場立ち去り土壁《つちかべ》の囲む砦《とりで》に逃げ帰る
スウェーオン人《びと》追撃受けた
フレーゼルの子供たちスウェーオンの砦に攻め寄せ
ヒイェラークの旗砦の中を所狭しと駆け巡る
髪に白きもの混ざるオンイェンセーオウ
剣に囲まれここに至って進退谷《きわ》まる
邦民《くにたみ》の王の生死がエオヴォル一人の思いのままに
ウォンレードの子ウルフその時猛り立ち剣でオンイェンセーオウを打つ
この一撃で老王の血管破れ髪の下から血潮吹きだす
齢重《よわいかさ》ねたシュルヴィング人《びと》　されど怯《ひる》まず
邦民の王向き直るなり打ち返しウルフに勝る一撃見舞う
必殺のあの一撃を
ウォンレードの豪胆な息打ち返し得ず

打つより早く頭《こうべ》を飾る兜を割られ
朱《あけ》に染まって地に倒れ伏す
だがこの武人いまだ死すべき定めにあらず
傷の痛みをものともせずに息吹き返す
ヒイェラーク王の重臣　剛強の人エオヴォルは
[158]弟が横たわる間《かん》
幅広き剣　巨人の手になる古き剣もて楯越しに
巨人作りし兜を砕く
邦民守護するオンイェンセーオウ命砕かれどうと倒れた
[159]血の雨の降り止んだ庭思いのままにできるとなるや
大勢の者集《つど》い来てエオヴォルの身内の者の傷口縛り速やかに助け起こした
話し変わってこの間に
一人の戦士敵の戦士の持ち物奪う
エオヴォルがオンイェンセーオウの体から鉄の輪つなぐ鎖鎧をはぎ取った
柄《つか》つけた堅牢な剣はずし兜もろとも奪い去り

(158) **弟**　エオヴォルとウルフの年齢は分からないが、文脈から推測してウルフを弟とした。

(159) **血の…庭**　原詩は「殺戮」の意味の語と「地点」を意味する語をつないで一語とし、「戦場」を表す。

頭《こうべ》に霜おく王の身飾った武器と甲冑《かっちゅう》ヒイェラークのもと運び行《ゆ》く
ヒイェラークはその品々を受け取って家臣たちの面前で相応の報酬約す
約束はことば通りに果たされた
フレーゼル先王の息　イェーアトの王ヒイェラーク
館に帰還召《め》されたときにエオヴォル　ウルフの両名に
つなぎ合わせた輪環《りんかん》と土地　十万シェアット(160)相当のもの
授け与えて激戦の労いとわれた
二人の戦士誉れの行《おこな》い成し遂げたゆえ天地《あめつち》の広がりの中何人《なんびと》であれ
恩賞ねたみあれこれいうは要《い》らぬこと
王は恩賞与えた上でエオヴォルに一人娘を授け給うた
家庭の中の華《はな》として　恩寵示すものとして

この戦宿怨となり敵対し合う心生む
人と人憎しみもって向かい合い憎悪燃え立つ

(160) シェアット　アングロ・サクソン時代の貨幣単位。価値は不明。

それがし思うに
スウェーオンの者どもはこの戦《いくさ》根に持ち
われらが王の崩御知るなり攻めて参ろう
わが君いまだ存命の折
シュルディングの英雄たちが花と散るあと
主君なお敵に刃向かい宝物と王国守り
勇ましきシュルディングの民守り　邦民にとり善を為《な》し
さらにその上武人としても輝く行《おこな》い成し遂げられた

今何よりも速《すみ》やかに為《な》すべきことは
向こうに御座《おわ》す邦民の王われら対面つかまつり
輪環を与え給うたあの方を
弔いの火を焚くところへお連れすること

あの勇士とともに炎の中で溶けるもの一握りであってはならぬ
王家秘蔵の宝あり
不撓の精神《こころ》で勝ち取り給うた
その量測り知ることできぬ黄金《こがね》あり
つい今しがた王自《みずか》らのお命を
代償として手に入れ給うた数々の宝冠もある
これら宝物火が包み
火が呑み尽くすこととなる
これから後《のち》はいかなる戦士も
王の形見の装身具己《おの》が体に着けることなく
麗《うるわ》しき女性《にょしょう》これまた宝玉の輪で襟元飾ることはない
男《おのこ》にしても女《おみな》にしても黄金《こがね》奪われ心が沈み
一度《いちど》にあらず再三再四異境にあって流浪の土を踏まねばならぬ

全軍の総帥たる王　笑い・楽しみ・歓楽に
縁なき人となられたがため
またそのために数多《あまた》ある槍を手にして頭上に高くかざすとき
朝の冷気に冷え冷えと寒気身に染《し》む
眠れる戦士ら竪琴の音《ね》に最早目覚めず
命運尽きた者の上執拗に舞う黒々とした渡り鴉《がらす》は
鷲に向かって饒舌《じょうぜつ》ふるい
討たれた者の人肉《じんにく》を狼と先を争い奪い取り
馳走せしめた事の次第をあれやこれやと物語る」

使者のことばはこの通り厭わしき報《しら》せを告げた
事とことばに偽りはない
戦士ら一同立ち上がる

溢れる涙抑えきれずに憂いに満ちて
想像越えるかの光景を目にすべく
(161)エアルナ岬の裾を行《ゆ》く
やがて戦士ら
以前には輪環下し給いし王真砂《まさご》の上に生命《いのち》なく
安らぎの床占めおわすお姿を目《ま》の当たり見る
勇気揺るがぬこの人に人生閉じる日が訪れた
戦でひるむを知らざりし王　ウェデル人《びと》の君主はその時
壮烈な死を遂げていた
何より先に戦士らの眼《まなこ》射たのは
奇怪なる生き物が　憎むべき蛇形《じゃぎょう》の物が
大地に伏して王の向こうに腹這《はらば》う姿
極彩色で身の毛がよだつ恐ろしき焔《ほむら》吐く竜

(161) **エアルナ岬**　戦士たちが待機していたところであると思われる。レンとボルトン（C. L. Wrenn and W. F. Bolton, eds. 1996[5], 用語集）は、明確な根拠はないが、今日のエルネース（北緯60・31度、東経15・32度。ルン湖西岸に位置する——訳者）ではなかろうかという。なお、エアルナは「鷲」の意味。文脈から推測してこの岬は、切り立った崖となって湖に張り出していたようである。

火焔《かえん》の熱に焼け焦げていた
身丈《みたけ》の長さ十五メートル長々と安らぎの場に伏《ふ》している
夜《よる》時として中天を飛んで戯《たわむ》れ再び下に舞い降りて
己《おの》が棲処《すみか》に帰りしものを
今はしっかと死に囚われて身動きならず
地中の洞《ほら》の最後の愉楽もはや終わりぬ
今までならば杯・酒壷《さかつぼ》・さまざまな皿
腐蝕《ふしょく》して錆を生じた高価な剣《つるぎ》
大地の胸に抱《いだ》かれて千年《ちとせ》の月日過ごしたままに
魔物のそばは飾られていた
これらの遺宝　古人《いにしえびと》の黄金《おうごん》は呪いかけられ強大な力備える
何人《なんぴと》であれ秘宝の洞《ほら》に手は出せぬ
勝利操る真《しん》の王　人間の守護者なる方《かた》神自らが

御心《みこころ》に叶うと思し召《おぼめ》す者に神の望み給うた者に
秘宝の蔵《くら》を開くこと許されるのでない限り
何人といえ手を触れることは叶わず

第四十二節

土壁《つちかべ》の囲むところに不当にも宝を隠す竜の企《くわだ》て
無駄な努力であったこと今は明らか
塚の番人まずもって
類い稀なる一人の方の命奪ったその恨み
容赦なく晴らされて果て無残な死に様《ざま》人目に晒す

3060

勇名馳せた一人の勇士がいかなる場所で
運命の定める生が尽きる日に至り着くのか
身内の者と蜜酒の館で暮らす日の終わりいかなる時に迎えるか
何人《なんびと》であれそれは知りえぬ
ベーオウルフが塚の番人迎え撃ち
悪知恵《わるぢえ》駆使した竜の敵意を受けて立つとき
ベーオウルフまた然り
ベーオウルフ自身は知らず如何にしてこの世に別れ告げるのか
それはさておき令名高き君王たちは
宝物を地中においた人々は
宝に強く呪いをかけた
世の終わりまで解けぬ呪いを
それ故に宝物ひそかに置くところ荒らした者は罪人《つみびと》となり

邪神の堂に幽閉されて地獄の鎖に手足縛られ
厄難の祟りこうむる罰受けるべし
だがベーオウルフはこれまでに
持ち主の遺《のこ》した宝黄金《こがね》山なす宝物を
かほどはっきり見たためしなし

ウェーオホスターンの息ウィーイラーフの申すには
「われらの身に起こったごとく
数多《あまた》の戦士が一人の方の意向のために
苦しみに耐えねばならぬ事態の出来《しゅったい》間々おこる
われらが敬い慕いし主君
王国守り給うた王にお諫めもした
黄金《こがね》を守るかの生き物にお近づき召さるなと

彼奴《かやつ》が長らく住んだその場に世の終わりまで居させ給えと
王われらの考えいかなる策も聞き入れ給わず
運命《さだめ》通りに行《ゆ》き給う
人のたじろぐ代価払って手に入れ給うた秘宝の姿今見える
邦民の王引き寄せた運命《さだめ》の誘《いざな》い強きに過ぎた
それがしは折見て入り
宝庫の中の貴き品をすべて目にした
土壁《つちかべ》の取り囲む中歩を運ぶこと易《やす》からず
洞《ほら》の中歩み助ける味方とならず
急ぎそれがし秘蔵の宝重き荷物を両の手にもち運び出し
わが君のもと運び来た
その時王はいまだ存命　心確かで意識明瞭
老将愁いに沈みつつあれやこれやと語り給うた

貴殿らの幸い祈るとのことば
伝えよと仰せになったその上で
願いの儀口にし給う
われら親しく仕えし王の偉業記念し
弔いの粗朶《そだ》積んだ跡地に
高々とそびえ立つ広大な塚
栄光に輝く塚の築造望むと
砦の富を楽しむことの叶いし間
広大なこの大地にあって王ほどに
栄光の塚築造の栄誉受けるにふさわしき方他《ほか》にない
かの塚の中壁取り囲む見事な宝
巧みな細工施した山なす宝玉
再度見るため急ぎ参ろう

宝環その他あまたの宝　山なす黄金《こがね》
おのおの方が間近から目にすることができるよう
それがし案内《あない》つかまつる
塚出た後は速やかに用意をいたし
御柩《みひつぎ》を安置する台調《ととの》えて
親愛の思いを寄せたわれらが王を
万物を支配し給う神の庇護うけ
末永く留まり給うところへとお移し申す」
そう述べてウェーオホスターンの息
戦場で恐れを知らぬ丈夫《ますらお》は
屋敷構える数多《あまた》の者に　数多の戦士に
一門率いるこの者たちが
武勇の誉れ高かりし御方《おんかた》のため

弔いの粗朶《そだ》を集めて
遠路はるばる運び来るよう
触れを出せとの命下《めいくだ》しいう
「やがて炎は
戦士たちの長《おさ》呑み尽くし
黒煙と化す
弓弦《ゆづる》離れた矢の嵐
疾風《はやて》となって楯の壁越え
矢幹《やがら》が矢羽根に急《せ》き立てられて先を争い
鏃《やじり》に遅れず務めを果たす
戦士の長は降り注ぐ鏃の中を
幾度《いくたび》となく掻《か》い潜《くぐ》った人」
まこと秀でたウェーオホスターンの息はその時

隊の中から近侍の戦士
最強の者皆《みな》で七名召し出《い》だし八名の一団として
祟りなす天井の下進み行《ゆ》く
一人の戦士松明《たいまつ》を手に先に立つ
洞《ほら》の中宝物守る者はなく
山なす宝捨ておかれたも同然の様
その有様を目にすることになる今は
宝取る者籤《くじ》にて決《き》めるいわれなし
ためらうことなく戦士たち
貴き宝急ぎ持ち出す
彼らまた蛇身の生き物　かの竜を
洞のうちより引きずり出して崖の上から突き落とす
宝守った生き物が潮《うしお》に抱《だ》かれ波に攫《さら》われ

流れのままに行《ゆ》くに任せた
輪にした黄金《こがね》を荷車に
数限りなき一切のもの一つ残らず荷車に積み
頭《こうべ》に霜おく戦人《いくさびと》　貴き人載せフロン岬へ運び行《ゆ》く

第四十三節

ここに至ってイェーアトの民今は亡き王送るため
地面に薪《たきぎ》積み上げて見事なる火葬の場をば調《ととの》えた
王生前の望みどおりに
積んだ薪に兜掛け戦い凌いだ楯立てかける

輝ける鎖鎧も同じ所に
涙ながらに英雄たちは
邦民が敬慕した王令名高き王の亡骸《なきがら》
薪の山の中央に置く
葬送の薪の上にめらめらと
弔いの火がかつてなく激しく燃えた
粗朶《そだ》の山から黒き煙が立ち昇り炎を覆い
轟く炎泣き声と和す
逆巻く風は静まった
やがて心臓熱をもち骨格宿《やど》す身体《しんたい》崩る
人々は憂いに満ちて胸覆う悲しみ語り
王の崩御《ほうぎょ》を悼み歎ずる
年老いて髪(162)を束ねたイェーアト族の一人の女性《にょしょう》

(162) **髪を束ねた**　若い女

亡き王[163]偲び挽歌を歌い
繰り返し繰り返し悲しげに歌うたう
嘆きの日々の訪れに
大虐殺の惨劇に
軍勢目にして怯えることに
陵辱される身となることに
虜囚の憂き目見ることに
大いなる恐怖を抱くと
女性のうたう哀歌が語り煙を天が呑み込んだ

弔いの後《あと》ウェデルの人々　御陵築造
広大な陵《みささぎ》岬に高々と立ち
海行《ゆ》く船人《ふなびと》遥けき方《かた》より望み得《う》る

性は髪をたらし、老いた女性は髪を束ねるという慣習があったようである。忍足(1990, 3150行の訳注)を参照。

(163) **亡き王**　写本の損傷がひどく、いろいろな推定が行われている。「ベーオウルフのために」と推測して読むものに従った。

武勇でもって令名はせた王偲ぶ塚
弔いの火が燃えて残った遺骨と遺品壁にて囲う
様々のこと知る人が比類なく見事なものと思える造り
十日を過ぎて完成を見る
輪環宝玉ありとあらゆる装身具
幾日か前勇猛果敢な者たちが宝蔵《たからぐら》から取り出したもの
これら宝の品々を人びと塚に収めおく　黄金《こがね》を土に埋めおく
戦士らの運び出《いだ》せる宝物《ほうもつ》を大地の懐深く収める
古き代と変わることなく今もまた
人に無用のものとして大地の奥に留めおく
その後で勇猛果敢な戦士たち　貴人の子供
その数皆《みな》で十二人
塚の周囲を馬でめぐって

崩御を悼《いた》み
亡き王しのび挽歌をうたい
それぞれに王の想い出語らんとした
王生前の英雄ぶりを褒め称《たた》え
勇気ある振る舞いたたえ雄々しさ称えた
敬慕する君　体出《い》で去って行《ゆ》かねばならぬとき
ことばで称え心で慕うは相応《ふさわ》しきこと
イェーアトの民この通り共に炉を囲んだ方の崩御悼んだ
貴人の息子のいうところ
この世に王の数多《あまた》ある中この人に及ぶ王なし
比類なく穏やかにして心優しく
民草思い心砕いた
名誉求めるあくなき思い人後に落ちず

巻末注

(a) 手づかみに　原詩は、「手づかみにした。…手を伸ばした」となっている。動作の順序としては逆になる上、詩の文脈上は「手でつかんだ」証拠はないので、「手づかみにしようとして手を伸ばした」とする訳者もある。また、レンとボルトン（C. L. Wrenn and W. F. Bolton, eds. 1996[5], p. 127）のように、原詩の単純形を進行形相当（「手でつかもうとする行為の最中だった」の意味）とする人もある。しかし、原詩のようにいうほうが迫力があることは否めない。しばしば同じ意味内容が表現を変えて繰り返されることを考えるなら、ここもその一例であって、包括的に述べておいて、追いかけるようにより細かい描写をしたと取れないこともない。あるいは、そのような意図はなくても、即興の朗吟であったとすれば、表現の順序が前後逆になることもありうるし、また、脈絡の緊密性が甘くなることもありうる。日常会話でしばしば起こる現象であることを考えるなら、理解できるであろう。拙訳では、あえて原詩の順序に従い、曖昧なままとした。

(b) 一族の者たち　一族の者たち敵の奇襲を受けたとき／ヘアルフデネ族の英雄／シュルディング王家の人フネフ／フレーザの死闘に果てるさだめであった／まことヒデルブルフが／ジュート族の忠節を／褒め称えるはいわれなきこと／何ら咎なくヒルデブルフは／楯打ち交わすこの戦いで／致命の深傷（ふかで）槍傷（やりきず）のため／いとしき人びと　息子と弟奪われる／げに悲嘆にくれる女性（にょしょう）となった

（c）ブロージングの見事な細工　ブロージングの詳細は不明だが、北欧神話の「ブリージング」と同じ種族と見做されているようである。細工物の作製に巧みなこの種族の四人のドワーフ（小人族）が作った首飾りがゲルマン神話に登場する女神フレイヤの心を捉えて離さなかった。ここではこの首飾りに言及したものと思われる。

（d）矜持のために艱難求め　ヒイェラーク王はスウェーオン族を打ち破り、イェーアト人に平和をもたらす（五一五年頃）が、その勝利だけでは飽き足らず、フランク攻めを企てる（五二一年頃）。水軍を率いてフレーザに到った後、ライン河をさかのぼってフランク族の地に入り、一度は勝利を収める。捕虜・戦利品と共に本隊を先にイェーアトに送り返して護衛の小隊と共に岸辺に残っているところをフランクの王子が率いる精鋭部隊の襲撃を受け、ヒイェラーク初めイェーアト軍は討ち死にする。クレーバー（Fr. Klaeber, ed. 1950[3], p. xxxix）による。

（e）時まさに第9時の刻　原詩には「そのとき時間は昼の第9時になった」とあるだけで、他は訳者の挿入。ここで「昼の第9時」という時間をあえて述べたということは、この時間に特別な意味があったはずである。吟遊詩人の朗詠を聞く聴衆の胸に喚起される特別な状況があったに違いない。そういうことを念頭に置いた現代語訳は数少なく、訳者が知るのは、「日は低く傾いた」（訳者拙訳）とするレブサメン（Frederick R. Rebsamen 1991, p. 51）の現代英語訳だけである。資料による裏付けの得られる範囲で、当時の事情を詩行として織り込んだ。

「昼の第9時」というのは、古代ローマの慣習を踏襲したもので、日の出から日没までを12等分して12分の1時間とし、そのうちの9時間目を指す。夜も同様、日没から夜明けまでの時間を12等分する。今日の1時間と違って決まった長さはない。昼の第9時は、ローマで冬至の日なら、午後1時29分から午後2時13分までの44分間、夏至の日なら、午後2時31分から午後3時46分までの75分間である。1時間の長さは毎日変わる。古代ローマの人々の間では、第9時は、その日の務めを終えて引き上げ、入浴し夕食をとる時間となっていた。（C・G・ハーバーマン他編『カトリック百科事典』none［ノウン（9時四半刻）］の項（Charles G. Herbermann et al. eds., 1911, pp. 97–98）およびカルコピーノ（Jerome Carcopino, 1939）所収の表にもとづく。

なお、時間にはもう一つの単位があって、12時間のうち3時間をひと区切りとして、昼・夜ともに4区分に分けていた。この区分を「四半刻《しはんこく》」とでもいうとすると、「第3時四半刻」「第6時四半刻」「第9時四半刻」などとなる（四半刻の名称は、通常、最後の時間の名前を当てた）。教会ではそれぞれの四半刻に聖務としての祈りをおこなっていた。この時聖務を知らせる鐘が鳴ったはずであるが、時計というものが、教会にすえられた日時計しかなかった当時、一般の人々は、この鐘によって時間を知ることになる。

時間は教会の日課と強く結びついていたので、時間に関する古代ローマの慣行は、キリスト教とともに、アングロサクソン人にも受け入れられていったのであろう。

（f）高々と積む石塚守り　ゲルマン人は精霊（死者の魂）を畏れ、時には魔力によって生きている者の家を守ってくれもすると信じていた。また、死者の生前の姿を取るとか、何か動物の姿を取るとか、肉体をもった形で姿をあらわすことのあるものということにしていた。竜が石塚を守り、秘宝を見張るというのは、ゲルマン人のもっていた精霊信仰の一例を示すものであろう。

（g）さすらいの身　古英詩に「さすらい人（びと）」（作者不明）と題する優れた詩があるので少し長いが、流浪の境遇がどういうものであるか、参考までに拙訳を記しておく。

［第一節］独り行く寂しきものは常に待つ／運命（さだめ）の恵み　身の繁栄を／その実（じつ）その身苦悩に満ちて／大海原を　氷冷（ひょうれい）の潮（うしお）の上を／久しき間みずからの手で漕ぎ渡り／流浪の路（みち）を行かねばならぬ／運命（さだめ）はもはや動かせず　［第二節］さすらい人は刻苦の数々／怒りに狂う殺戮の様心に思い／一族の滅亡のことかく語る／「我ただ独り／夜の白む頃　朝な朝なに／わが悲しみを嘆き嘆じる定めとなった／わが心打ち明ける者／だれ一人いま今生（こんじょう）にない／我しかと知る／貴人に貴人の慣（なら）いあること／胸中の思いいかにあるとも／貴人は心を固くして／揺るぎなき思念を抱くべきことを／心倦（う）むとき／運命（さだめ）に向かい行くことできず／波立つ心　身の助けとならず／それ故に栄光を求める者は／わが身同様／悲痛の思いを胸奥（むなおく）深くしかと収める／過ぎ来（こ）し日幾年（いくとせ）も前／わが主（あるじ）の亡骸／大地の暗きに埋めて以来／幾度（いくたび）となく困苦に心苛（さいな）まれ／故国（くに）を奪われ／縁者を遠くに奪われて／わが心肝を枷にて縛る定めとなった／われ生き恥を世に晒し／冬空に鬱怏（うつおう）として心狂い／凍りつく波涛の上を越え渡る／悲しみにくれ／財宝賜う人の館を求めゆき／蜜酒の宴（うたげ）の席でわが素性知り／あるはまた　友なき我身の心慰め／喜びで魅了する気持ちある方／その方はここかしこ／何（いず）れにおわすと問い求め行く／辛酸なめた経験をもつ者は知る／悲しみを友とするのが／敬慕する守護者なき身にいかに酷（むご）いか／黄金（こがね）づくりの飾りを持たず／この世の財の一つだになく／心凍（い）てつく思いして／流竄（りゅうざん）の路辿りゆく／心に思い浮かぶのは館に席を並べた者たち／財宝の下賜／若き日君の宴（うたげ）の席に連なりしこと／ああ喜びの絶えてなく　［第三節］まこと／敬い慕う長（おさ）の命（めい）受けることなく／長の年月（としつき）過ごし行く定めとなった者は知る／悲哀と眠りが共々に／孤独なる哀れな者を／幾度

（いくたび）となく締めつけるとき夢に見る／往時ときどき玉座に額（ぬか）ずき崇めたとおり／君主を抱き君に唇（くち）づけ／頭（こうべ）と手とを膝に置く様［訳者注・当時の礼式］／友なきこの身ふたたび目覚め／目（ま）のあたり見る暗き波／海鳥（うみどり）の波間に浸り翼広げるその姿／地は霜を置き／雪が降り霰がまざる［第四節］愛（いと）しきものを求めてうずく心の傷は／この光景にますます痛む／親族の追憶は心に浮かび／嬉々として脳裏の身内にことば掛け／輩（ともがら）の顔仔細に見れば／輩たちはいずれともなく消え失せて／悲しみはまた改まる／空（くう）に漂う魂魄も／波間に浮かぶ海鳥（うみどり）も／耳になじんだことばを語らず／沈む思いを幾度（いくたび）となく／凍る波浪のその先に／送り届けるこの者に／心痛はまた改まる［第五節］それはそれわれ貴人の生（せい）に思いをいたし／勇気ある若武者たちがにわかに命（いのち）落とす様／心に描いて思案にふける／その時になおわが心暗黒の淵に沈まぬ／何ゆえなのか思い及ばず／この世のものは／日々に移ろい潰（つい）え去る［第六節］何人（なんびと）といえ世俗の冬を知るまでは／智者にはなれず／賢者はじっと耐えねばならぬ／一時（いちじ）の情に動くはならぬ／語るに軽率ではならぬ／勇気ある武人であるべし／蛮勇を喜ぶ者であってはならぬ／怯えるなかれ／有頂天になってはならぬ／強欲であってはならぬ／しかと知るまで誇らしく語ろうとすることとならぬ／誇らしく語るときには／胸中の思いがいずれに向かうかを／固き心にしかと知るまで待たねばならぬ／賢人は知らねばならぬ／あたかも今　さまざまの地で／石壁（いしかべ）が吹く風に晒され　霜に覆われ／館（やかた）が吹雪に打たれるごとくに／この世の財がことごとく荒れ廃（すた）るとき／どれほどの恐ろしきこと起こるのか／酒宴の広間は崩れ果て／君主は斃（たお）れ／歓楽の声は果て／誇り高き武人（もののふ）たちは一人残らず／石壁（いしかべ）のそばに潰えた／幾人（いくたり）か戦場に死す／ある者の遺骸／波高き海のかなたへ／猛禽が咥（くわ）えゆき／ある者の遺骸／年へたる狼の餌食となり／ある者の遺骸／悲痛の思いを面（おもて）に浮

かべ／貴人これを土の洞（ほら）に収め置く／人々を造り給いし造物主／この通り人の世を打ち砕く／人の住む賑わい今はなく／仰ぐばかりの古き屋敷は／人影もなく空（うつ）ろにそびえる　［第七節］さて／石壁の並び立つこの場に悟りを見出す者が／暗黒の人の世にしみじみと思い巡らす一人の智者が／幾度（いくたび）か遠き方（かた）に思いを馳せて／数々の殺戮のこと心に描きかく語る／『駿馬はいずこに／武人はいずこに／財宝くだし給うた人今はいずこに／宴（うたげ）の場今はいずこに／広間の歓楽いずこにありや／ああ輝ける杯よ／ああ鎖鎧（くさりよろい）の武人（もののふ）よ／ああ王の威光よ／時は過ぎ行く／初めからなかったかのように／暗黒の中につい えた／愛しき武人（もののふ）その者たちの／営みの場に今石壁がそそり立つ／蛇形（じゃぎょう）を刻んだ石壁が／貴人たちは今はない／槍の猛威に／血に飢えた刃（やいば）の前に／あの名高き不運に露と消ゆ／この岸壁を風雨がたたき／吹雪く嵐に大地は凍（い）てる／夜陰迫って暗闇の訪れるとき／荒れすさぶ冬の気色はいや増して／北の方（かた）より来（きた）る雹／人を打つ／地上の国土みな苦難に満ちて／天（あめ）の下世界の流転運命（さだめ）のままに／富は一時（いっとき）／友は一時（いっとき）／男も女も一時（いっとき）のもの／地上に立つものことごとく／やがて骸となり果てる』　［第八節］離れて黙然と座す一人の賢者かく語る／「信仰のある者は善き者／もがき苦しむ胸のうち早まって明かすではない／雄々しく癒す術のなければ／天上の父なる神に／加護求め慰め求める者は幸い／天上にわれらはすべて安息を得る」

あと書きに代えて

英雄伝説の源流を求めて

大阪大学　博士（文学）　桝矢令明

英雄叙事詩の大作『ベーオウルフ』、この物語がいつどのようにして現在のかたちに成立したか、その詳細については筆者の知るところではない。だが、元は吟遊詩人たちによって民衆のあいだで様々に語られてきた口承文芸であると思われるこの英雄物語には、その成り立ちの性格上、北欧神話に由来するものから歴史上の出来事を想起させるものまで、じつに様々なエピソードが盛り込まれて全体が構成されている。そうしたエピソードのなかでも物語上ひとつの重要な中心軸をなすのは、やはり英雄ベーオウルフと怪物グレンデルがくりひろげる闘い、さらにはその母親との死闘を描いた場面であろう。このような『ベーオウルフ』の読み方、捉え方は、それほど的外れなものでもあるまい。

実際たとえば、明らかにこの英雄物語から創作上の着想をえたと思われるマイケル・クライトン原作によるジョン・マクティアナン監督のアクション映画作品『十三ウォーリアーズ』（一九九九年、アメリカ）などは、「怪物グレンデル、およびその母親との闘い」に焦点をあて、このエピソードをクローズアップするようなかたちでその物語全体を構築している。もっとも、ファンタジー色をうすめてつくられたこの作品には、魔物や怪物の類は一切登場しない。その代わりに「怪物グレンデル」は、北方のある王国を存亡の危機に立たせる「謎の部族の襲来」として置き換えられ、また「グレンデルの母親」はその部族の宗教的・精神的拠所として君臨する巫女のような存在として描かれ、元の物語では湖底にある棲家で繰り広げられるその「母親」との決闘は、滝の奥にある洞窟の中で展開される。このようなきわめて見事というほかない創造的な「置き換え」の発想にこそ、この映画作品の面白みがあるともいえよう。もちろん『ベーオウルフ』について何も知らずにこの映画を観たとしても十分に楽しめるのだが。それはともかく、このような映画は、先述の観点、すなわち怪物グレンデルとその母親をめぐるエピソードが『ベーオウルフ』全体の構成の中でもきわめて重要な地位を占め、この物語の中心をなすという読み方を裏付けるひとつの好例となろう——それだけで一本の映画作品がつくられてしまうほど充実したものだから。

さて、この英雄叙事詩の中心軸がそのように構成されているとしても、私がここであえて注目したいのは、物語終盤に描かれる「竜との闘い」である。怒りにその蛇身をくねらせとぐろを巻き、辺りいちめん炎で焼きつくす竜。その炎に身を焼かれても怯むことなく雄叫びを上げて突き進み、剣を振りかざす百戦錬磨の戦士ベーオウルフ。激しいやりとりの末に、竜の牙と毒で致命傷となる深手を負いつつも最後にはみごと竜を倒すベーオウルフ。まるで映画のワンシーンでもみるかのような、この迫力に満ちた劇的な場面は、私たちに真の英雄たるベーオウルフの姿を強く印象付け、それゆえにいっそうこの英雄の最期を描く場面の悲劇性が高まり私たちの胸を打つものとなっている。まさにこの「竜との闘い」のエピソードこそが、ベーオウルフを単なる優れた戦士としてではなく、特別な存在である英雄として際立たせるのだ。

竜は東洋では神獣であり、「善きもの」「聖なるもの」として扱われることも多いが、西洋の伝説や物語のなかでは、しばしば人間を脅かす邪悪で強大な力をもった存在として登場し、英雄の前に立ちはだかる。いや逆に、そのような竜を倒す者、それこそが英雄なのだといってもよいのかもしれない。そうした英雄伝説として、ベーオウルフの物語の他に、まず私たちが思い浮かべるのは、聖ゲオルギウス（イングランドではセント・ジョージという）の伝説やジークフリートの物語であろうか。

古代ローマの軍人ゲオルギウスにまつわる伝説、これは象徴主義の画家ギュスターブ・モロー晩年の代表作『聖ゲオルギウスと竜』など、これまで絵画作品の題材として取り上げられることも多かった伝説である。人々を苦しめていた毒を吐く邪悪な竜をゲオルギウスが退治し、生贄《いけにえ》にされそうになっていた王女を間一髪で救う。そしてその地の人々をキリスト教に改宗させる。キリスト教世界において、ゲオルギウスは守護聖人として扱われ、たとえば現在のイングランド国旗、白地に赤の「セント・ジョージ・クロス」と呼ばれる十字は、この聖人に由来する。この国旗は、ゲオルギウス伝説がキリスト教圏の人々に重みをもって受け取られ、心の中で今日まで語り継がれ伝わってきたことを示すものである。

リヒャルト・ワーグナーの楽劇『ニーベルンゲンの指輪』などを通じてよく知られているドイツの英雄叙事詩に描かれるジークフリートの物語。これにも物語上の重要な要素として竜と戦うエピソードがある。死闘の末、ジークフリートはみごと竜を打ち倒し、そのとき全身に竜の血を浴びる。そしてこの竜の血の魔力によって不死身の体を得るが、たまたま背中に木の葉が付いていたためにそこだけがこの英雄の弱点となり悲劇をもたらす。

これら伝説や叙事詩は比較的古い時代に成立したものと思われるが、二十世紀以降に書かれたファンタジー小説などにも竜を打ち倒す者たる英雄の、同様のエピソードはしばしば見出される。ひとつだけここで挙げておくなら、たとえばトルキーンによって創作されたホビットの冒険物語などがある。映画化もされ一般によく知られた『指輪物語』は、事実上この冒険物語の続編にあたる。

ここまで主に文芸作品について述べてきたが、竜を倒す力をそなえた者こそ英雄なのだというひとつの図式は、そうした文芸作品のみならず、たとえばファンタジーの世界を舞台とするようなロール・プレイング・ゲーム（RPG: Role Playing Game）のようなものの中にもよくあらわれる。「D＆D」という通称で広く親しまれてきた『ダンジョンズ・アンド・ドラゴンズ』（1973）といった少し古いテーブルトーク形式のものから、『ドラゴン・エイジ』というような最新のコンピュータ・ゲームに至るまで、数え上げればきりがない――またこうしたゲームから派生する小説や映画といったものまである。これらのものも、元を辿れば先述の伝説や叙事詩等の世界観を引き継ぎそれを土台として成立したともいえるだろう。

『ベーオウルフ』のような古い叙事詩から今日のファンタジー文学やゲーム等にまで、長い年月をつらぬき、失われることなく受け継がれ語り継がれ共有されてきた「竜を倒す者」という西洋における英雄像がある。私たちはそこに、英雄伝説のひとつの源流を求めることができるのかもしれない。もっといえば、『ベーオウルフ』の物語の中に、そうした英雄像のひとつの原型をみてとることも可能なのではあるまいか。

（二〇一〇年十二月執筆）

参考文献

Alexander, Michael, trans., *Beowulf*, 1973, London: Penguin Books.

Bosworth, Joseph, ed., Edited and Enlarged by T. Northcote Toller, *An Anglo-Saxon Dictionary*, 1898, Oxford: The Clarendon Press.

Campbell, James, ed., *The Anglo-Saxon*, 1991, London: Penguin Books Ltd.

Carcopino, Jérôme, Edited with Bibliography and Notes by Henry T. Rowell, Translated From French by E.O. Lorimer（1941, London: George Routledge & Sons, Ltd.）, *Daily Life in Ancient Rome: The People and the City at the Height of the Empire*, 1939.

Herbermann, Charles G. et al., eds., *The Catholic Encyclopedia: An International Work of Reference on the Constitution, Doctrine, Discipline, and History of the Catholic Church*, vol. XI, 1911, New York: Robert Appleton.

Chickering, Jr., Howell D., trans., *Beowulf: A Dual-Language Edition,* 1977, New York: Doubleday.

Crossley-Holland, Kevin. Writings trans. and ed., *The Anglo-Saxon World*, 1982, Woodbridge, Suffolk: The Boydell Press.

Hall, J. R. Clark, *A Concise Anglo-Saxon Dictionary*, 1960[4], University of Toronto Press in association with the Medieval Academy of America.

Cotterell, Arthur, *Norse Mythology: The Myths and Legends of the Nordic Gods*, 2001 updated, Lorenz Books.

Dobbie, Elliott Van Kirk, ed., *Beowulf and Judith*, 1953, New York: Columbia University Press.

Harrison, Mark & Gerry Embleton, *Anglo-Saxon Thegn, 449-1066AD*, 1993, Oxford: Osprey Publishing Ltd.

Heaney, Seamus, trans., *Beowulf*, 1999, London: Faber and Faber Ltd.

Hieatt, Constance B., trans., *Beowulf and Other Old English Poems*, 1988, New York: Bantam Books.

Holthausen, F., *Altenglisches Etymologisches Wörterbuch*, 1974, Heidelberg: Carl Winter Universitätsverlag.

Jones, Gwyn, trans., *Eirik the Red and Other Icelandic Sagas*, 1961, Oxford: Oxford University Press.

Kennedy, Charles W., *Beowulf, the Oldest English Epic*, 1940, Oxford: Oxford University Press.

Klaeber, Fr., ed., *Beowulf and the Fight at Finnsburg*, 1950^{3}, Lexington, Massachusetts: D. C. Health and Co.

Lapidge, Michael, John Blair, Simon Keynes and Donald Scragg, eds., *The Blackwell Encyclopaedia of Anglo-Saxon England*, 1999, Oxford: Blackwell Publishers Ltd.

Morgan, Edwin, *Beowulf*, 2002, Manchester: Carcanet Press Ltd.

Orchard, Andy, *A Critical Companion to Beowulf*, 2003, Cambridge: D. S. Brewer.

Page, R. I., *Norse Myths*, 1990, London: British Museum Publications; and Austin, Texas: University of Texas Press.

Pontifical Institute of Mediaeval Studies, University of Toronto, ed., *Dictionary of Old English A-G on CD-ROM*, 2008, Toronto: University of Toronto.

Rebsamen, Frederick R., *Beowulf: An Updated Verse Translation*, 2004, New York: Perennial.

Sato, Noboru, *An Interlinear Beowulf*, 1988, Tokyo: Language Press.

Savage, Anne, trans., *The Anglo-Saxon Chronicles: The Authentic Voices of England, From the Time of Julius Caesar to the Coronation of Henry II*, 1995, New York: Crescent Books.

Swanton, Michael, trans. and ed., *Beowulf*, 1997, Manchester: Manchester University Press.

Sweet, Henry, *The Student's Dictionary of Anglo-Saxon*, 1896, Oxford: The Clarendon Press.

Tolkien, J. R. R., edited by Alan Bliss, *Finn and Hengest: The Fragment and the Episode*, 2006, London: HarperCollins*Publishers*.

Tuso, Joseph F., ed., *Beowulf: The Donaldson Translation, Backgrounds and Sources, Criticism*, 1975, New York: W. W. Norton & Co.

Underwood, Richard, *Anglo-Saxon Weapons and Warfare*, 1999, Stroud, Gloucestershire: Tempus Publishing Ltd.

Wrenn, C. L. and W. F. Bolton, eds., *Beowulf*, 1996[5], Exeter, Devon: University of Exeter Press.

Wyatt, A. J., ed., Revised with Introduction and Notes by R. W. Chambers, *Beowulf with the Finnsburg Fragment*, 1952, Cambridge: Cambridge University Press.

大場啓蔵訳、『ベオウルフ――改訳版――』、1985、篠崎書林。

忍足欣四郎訳、『ベーオウルフ』、1990、岩波文庫。

苅部恒徳・小山良一編著、『古英語叙事詩『ベーオウルフ』対訳版』、2007、研究社。

厨川文夫訳、『ベーオウルフ』、1941、岩波文庫。

トンヌラ（E. Tonnelat）著（1935）、清水茂訳（1960 みすず書房）『ゲルマンの神話』（Mythologie germanique）。

長埜盛訳、『ベーオウルフ』、1967、吾妻書房。

長谷川寛編著、『ベーオウルフ』怪物破壊魔退治の巻（1）、1990、成美堂。

羽染竹一編訳、『古英詩大観―頭韻詩の手法による―』、1985、原書房。

藤原保明訳著、「古英詩の世界」、『言語文化論集』、1999、第五十号、筑波大学　現代語・現代文化学系。

枡矢好弘　（ますや　よしひろ）

一九三三年五月九日、神戸市に生まれる。一九五六年、甲南大学文理学部文学科卒業。一九六〇年一〇月～六一年六月、英国エディンバラ大学留学（英国文化センター給費生）。一九七三年四月、甲南大学文学部教授。一九七七年七月～七八年八月、英国エディンバラ大学言語学科客員研究員（甲南大学在外研究員）。二〇〇二年四月、甲南大学名誉教授。

著書：『英語音声学』（一九七六、こびあん書房）、『学校英文法と科学英文法』（一九九三、研究社、共著）、*Phonetics and Phonology: Selected Papers*（一九九七、こびあん書房）、英語学文献解題第六巻『音声学・音韻論』（一九九九、研究社、寺澤芳雄監修、共編）など。

中世英雄叙事詩

ベーオウルフ　韻文訳

ISBN978-4-7589-2219-7　C0098

発行日　二〇一五年（平成二十七年）十一月十九日　第一版第一刷

訳　者——**枡矢好弘**

発行者——**武村哲司**

発行所——株式会社　**開拓社**

〒一一三—〇〇二三　東京都文京区向丘一丁目五番二号

電話　〇三—五八四二—八九〇〇　振替　〇〇一六〇—八—三九五八七

印刷・製本——**萩原印刷株式会社**